Du désespoir, il m'a sortie
Julie l'Améthyste

Juliette Cesar

Du désespoir, il m'a sortie
Julie l'Améthyste
Roman

LE LYS BLEU
ÉDITIONS

© Lys Bleu Éditions – Juliette Cesar

ISBN : 979-10-377-5048-8

En effet,
moi,
le Seigneur,
je suis ton Dieu.

Moi,
le Dieu saint d'Israël,
je suis ton sauveur.

Esaïe 43 : 3

Préface

Je n'oublierai jamais notre première rencontre, elle restera à jamais gravée dans mon cœur. Je savais dès cet instant qu'il allait se passer quelque chose.

J'étais intriguée par sa personnalité, surprise par sa détermination, et par sa vivacité à comprendre les choses. Je savais, ni à quel moment ni comment, mais je savais que Juliette ne resterait pas Juliette, et ce processus de transformation, que Dieu avait déjà commencé en elle, se devait d'être encadré.

Je n'ai été qu'un instrument entre les mains du Seigneur pour l'aider à se transformer. Oui, une véritable transformation, telle une chenille qui rentre dans sa chrysalide puis se transforme en un beau papillon.

Au fil des jours, au fil des semaines, au fil des mois et des années, j'ai vu Juliette se transformer en une belle Améthyste.

Éliane Torvic,
Pasteure principale
Église La Maison du Potier de Cayenne

Introduction

Nous entendons souvent dire *avance par la foi !* Nous entendons également régulièrement parler *d'abandon total à Dieu*. Mais dans notre être intérieur, savons-nous réellement ce que c'est, de tout donner à Dieu ? Y sommes-nous préparés ?

En arrivant à Christ cela me semblait irréaliste. J'étais accrochée aux choses du monde qui voilaient mon regard, et m'aidaient à entretenir mes illusions. Elles compensaient les nombreuses blessures de mon âme, et il m'était à ce moment, impossible d'imaginer, que je puisse y arriver un jour.

Pourtant, El-Shaddaï, le Dieu Tout-Puissant, m'avait réservé un autre chemin de vie, une nouvelle identité, une nouvelle histoire ; car il savait mieux que moi-même ce dont j'avais besoin. Il est celui qui détient le plan et la clé de ma destinée. Destinée ? Qu'est-ce que la destinée « de Dieu » ? Et d'ailleurs qui est ce Dieu dont je parle, capable de faire prendre vie l'inimaginable ?

À toi qui me lis, bienvenue dans mon univers. Ce que tu t'apprêtes à découvrir, au travers des lignes à venir, est une partie de mon témoignage. Par ces écrits, je souhaite rendre grâce à mon Seigneur, *Yeshua Hamashiach, le Dieu sauveur,* pour ses bienfaits dans ma vie.

Car il m'a fait comprendre que ce que l'on vit dans l'enfance ne définit pas forcément ce que l'on devient plus tard. Il y a toujours une autre chance, mais encore faut-il savoir la reconnaître, et la saisir quand elle se présente.

J'ai foi en celui qui te parlera à toi aussi dans cet ouvrage, peu importe ton âge ou ta position, certainement tu y trouveras un brin de lumière.

(…) *mais il lui dit : Va dans ta maison, vers les tiens, et raconte-leur tout ce que le Seigneur t'a fait, et comment il a eu pitié de toi.*

Marc 5:19

Première partie
Du désespoir à la conversion

I
Qui suis-je ?

Née sous le nom de Juliette CESAR, je suis issue d'une famille d'origine haïtienne, non chrétienne. J'ai grandi en Guyane française, influencée principalement par un style de vie très éloigné de Dieu. Mickey, mon petit frère a vu le jour dans ma famille quand j'avais sept ans. Je l'affectionne énormément. En dehors de lui, du côté de mon père, j'ai quatre autres frères et une grande sœur.

J'ai passé toute ma scolarité à Cayenne. Je suis entrée dans la vie active avec un baccalauréat professionnel métier du secrétariat et de la comptabilité. Sept ans plus tard, employée, en contrat à durée indéterminée, dans une société privée de distribution de boissons, au poste d'assistante comptable, je décide de reprendre mes études et je finis par m'inscrire au rectorat afin d'obtenir un brevet de technicien supérieur, spécialité assistante de gestion PME-PMI, par le biais de la validation des acquis de l'expérience. L'obtention de ce diplôme me permettrait de changer de niveau et d'échelon sur la grille de la convention collective de l'entreprise, et ainsi, d'avoir l'espoir d'une promotion.

Mon père doutait de mes capacités de réussite car j'avais arrêté mes études au niveau du baccalauréat. Il ne prenait pas ma démarche au sérieux, jugeant que j'étais restée trop longtemps en dehors des bancs de l'école. Malgré ses craintes, je me suis lancée dans l'aventure. J'ai rédigé et déposé mon livret 1. Ce livret est une passerelle qui détermine la recevabilité de la demande. Les conditions d'éligibilité étant remplies, j'ai pu officialiser ma démarche auprès de l'organisme certificateur, le rectorat.

Yes ! Mon livret 1 est validé ! Il était temps maintenant de passer à l'étape suivante. Habitant toujours chez mes parents et ayant une vie associative bien remplie, mon environnement familial représentait un cadre inadéquat pour me permettre de travailler. Entre pleurs, perte de motivation, angoisse et stress, j'ai tout de même réussi à rédiger le livret 2. Il contenait un dossier d'une soixantaine de pages, dans lequel je décrivais mes activités professionnelles et personnelles prouvant mes compétences et savoir-faire.

Le périple de la rédaction étant fini vint le temps du passage devant le jury après que celui-ci ait procédé à la vérification de son contenu. Tout s'est bien passé, plus que je ne l'espérais. J'appris par la suite que j'avais réussi mon oral. Le jury était satisfait de mon dossier et de ma soutenance. Voilà, j'étais officiellement diplômée BAC+2, quelle réjouissance ! Néanmoins, je n'ai jamais obtenu la revalorisation de salaire que je convoitais. Je commençais à regretter d'avoir souffert autant pour un diplôme qui finalement n'a pas eu de reconnaissance par ma hiérarchie.

Mais derrière chaque action que l'on pense anodine de notre part, il y a le plan de Dieu. À notre insu, il nous prépare, nous équipe de compétences et qualifications pour le temps où il va nous demander d'être à son service. Je vous expliquerai un peu plus tard comment ce diplôme m'a été utile par la suite pour autre chose qu'assouvir mon désir d'appât du gain.

Finalement, en 2020, j'ai obtenu un diplôme universitaire équivalent à une licence, en Sciences de l'éducation. Oui, c'est bien ça, j'ai à nouveau repris le chemin des études, en intégrant l'Institut Universitaire de Formation Continue, en cours du soir. L'un de mes rêves d'adolescente, être étudiante, se réalise enfin. Mais cette fois, c'est poussé par celui qui se trouve là-haut que j'entrepris cette démarche par la foi. C'est à ce moment précis que le brevet de technicien supérieur, obtenu des années plus tôt, me fut utile pour pouvoir m'inscrire dans la filière que je souhaitais, qui d'ailleurs était la seule accessible avec un diplôme de niveau bac+2 de n'importe quelle spécialisation.

En parallèle de mon activité professionnelle et de mes études, je menais une vie associative riche et impliquée. En dehors de mon travail, c'était mon seul passe-temps. Cela me permettait de sortir de mon quotidien, de ma routine boulot dodo. J'aimais beaucoup chanter, mais je n'ai jamais pu intégrer un groupe sérieusement ou une chorale. Cependant, j'ai pu participer à de petites répétitions avec un groupe de quatre personnes, trois musiciens, un chanteur et moi-même. Mais après quelque temps, ce petit groupe s'est désolidarisé à cause de petits conflits entre un des instrumentistes et le chanteur. Ceci a mis un terme à mon rêve de chanter avant même de pouvoir me présenter devant un public un micro à la main. Le groupe s'est donc arrêté là. Je me demandais ce que je ferais de ce micro que j'avais acheté, ne sachant pas qu'il me serait utile bien des années plus tard. Certaines de mes connaissances fréquentaient le milieu musical mais, à mon grand regret, ils ne m'ont pas apporté le soutien dont j'avais besoin pour me faire briller dans cet univers.

Je perdais espoir. Mes croyances spirituelles étaient quasiment inexistantes et je n'avais pas encore donné ma vie à Christ. Je ne connaissais pas à cet instant, les plans que Dieu avait mis en réserve pour ma vie. Je ne savais pas que ma voix était pour sa gloire.

À côté de mes tentatives infructueuses dans le monde musical, j'ai aussi été secrétaire pour diverses associations. En passant du tunning automobile au concours de beauté, avec parfois de grandes déceptions, toutefois, j'ai toujours continué à être la jeune fille dévouée dans ce qu'elle faisait.

Puis un jour, il y a eu cette dernière association, qui a complètement chamboulé ma vie. Au vu de ma dernière expérience associative qui s'était mal terminée, je n'étais pas motivée à l'idée d'intégrer à nouveau une nouvelle structure. Pourtant, j'ai suivi cette amie de l'époque, qui m'a convaincue que cette fois, ça serait différent. Et effectivement, c'était différent, car c'était l'une des meilleures, mais également la pire expérience associative de ma vie !

Rapidement, j'ai été propulsée de secrétaire au poste de Présidente, par tous les membres de l'association à l'unanimité, mais moins une personne, moi ! Ce poste de Présidente je n'en voulais pas, mais ne sachant pas dire non, je me suis laissé pousser en avant de la troupe. Si l'Éternel des armées n'était pas arrivé à cette période pour me sauver, je ne sais pas si j'aurais été là aujourd'hui pour vous témoigner de sa gloire dans ma vie. Je vous expliquerai tout.

En effet, moi, le Seigneur, je suis ton Dieu.
Moi, le Dieu saint d'Israël, je suis ton sauveur...

Esaïe 43:3

II
La chute dans le trou noir

Nous sommes courant de l'année 2016, je suis fraîchement élue Présidente d'association à but non lucratif. Ceci dit, depuis l'année précédente, étant au poste de secrétaire, j'effectuais déjà toute la gestion administrative pour la Présidente vacataire qui résidait en Martinique, et dont la mission confiée par le comité National, de laquelle nous dépendions, était d'implanter une nouvelle organisation similaire à la leur, en Guyane.

L'association avait pour objectif d'aider des femmes à reprendre confiance en elle, à prendre soin d'elle, à se valoriser, à apprendre à développer leur savoir-être et vivre, et à la fin du temps imparti, d'organiser un concours de beauté. Cedit concours est né en métropole, puis a pullulé dans les Caraïbes et bien d'autres pays encore !

Je pensais à ce moment participer à une noble cause, et c'était également un défi personnel pour moi, car je ne m'acceptais pas telle que j'étais physiquement et mentalement. Avec le recul, je sais aujourd'hui qu'il faut d'abord résoudre ses propres problèmes intérieurs, afin d'être solide et aguerrie, pour pouvoir aider les autres. Ma vie personnelle et sentimentale était un champ de bataille, et pour ne pas faire face à mes blessures et à ma vie, je me réfugiais dans le travail que demandait cette association. J'étais sur tous les fronts. Je dormais tard, alors que je devais me lever tôt pour me rendre au travail qui me donnait un salaire, et je devais terminer mon livret 2 pour la vae[1]. Je ne laissais aucune place pour l'ennui, en comblant les trous par les tâches associatives, afin de ne pas me retrouver face à face avec moi-même, face à ma réalité, face à mes difficultés.

Dans l'association, dès qu'un de mes collaborateurs était en retard sur une tâche, immédiatement, je la reprenais pour l'achever. Résultat, je me plaignais que je faisais tout à leur place ! Pour vous donner un exemple, lors de la première édition du concours, la secrétaire adjointe devait me faire un tableau prévisionnel. Au bout de trois jours, n'ayant pas reçu ce document dont j'avais besoin pour avancer dans le traitement de mes dossiers, je lui ai envoyé un message stipulant qu'il n'était plus nécessaire de le faire, que je le ferais moi-même alors que je croulais déjà sous une tonne de travail. Selon moi, la majorité de ces collaborateurs ne s'investissaient pas pleinement, parce qu'ils voyaient que mon exigence envers moi-même et mon implication dans la vie associative ferait que peu importe leur niveau de dévouement, les tâches seraient quand même faites. Néanmoins, ce premier concours organisé par notre association s'est très bien terminé, avec une gagnante élue. Nous étions tous très heureux d'avoir pu accomplir un tel évènement, je ressentais une grande fierté et nous étions d'attaque pour la suite à savoir, préparer le départ de la gagnante à l'échelle nationale pour le grand concours interrégional, qui octroyait un titre supérieur, celui de la

---

[1] Validation des Acquis de l'Expérience.

gagnante de France. Il se déroulait l'année suivante au mois de janvier. Malheureusement, elle n'a pas remporté le grand titre.

Pour la deuxième édition du concours de beauté, qui en surface allait sembler être un grand succès. J'avais toute une équipe derrière moi. Une vice-présidente, une secrétaire, une trésorière, une trésorière adjointe, un chargé de communication, des collaborateurs bénévoles pour différents ateliers et assistance logistique ou technique, des membres qui ont pris part à la vie de la structure, mais aussi des partenaires qui mettaient tout en œuvre pour nous aider, car ils croyaient en notre objectif. Nous avions également notre siège chez mon amie et ancienne collègue de l'époque, madame Fatia G. Elle mettait gracieusement sa terrasse avec piscine à notre disposition pour nos réunions, petites répétitions, et séances photo.

J'ai eu beaucoup de chance de l'avoir rencontrée sur ma route, dans cette saison de ma vie. Cette femme qui était juste censée m'aider pour l'association, est finalement devenue une amie précieuse à mes yeux. Elle a épongé mes larmes bien des fois. Aujourd'hui, elle vit sur l'île aux belles eaux et bien qu'un océan nous sépare, je suis reconnaissante, auprès de mon Dieu, de l'avoir eue à mes côtés. Fatia, tu restes l'une de mes plus belles amitiés (cœur).

Dans notre quête de partenaires pour l'organisation du spectacle, j'ai pu faire de fabuleuses rencontres dont, des artistes, des responsables de grands magasins, et même des personnalités politiques que je n'aurais sûrement pas eu l'occasion d'approcher en dehors de ce cadre. Je suis entrée dans des cabinets où l'accès à une personne lambda n'était pas autorisé. Il faut dire que j'avais dans l'équipe des personnes issues du milieu du spectacle, et c'était une véritable aubaine pour dénicher des contacts, de rencontrer les personnes qu'il fallait pour nous aider.

En revanche, quand il fallait s'exposer au public, que ce soit à la télé ou en radio, je prenais la fuite, et cédais ma place à ceux qui étaient plus à l'aise. Après tout, j'avais un chargé de communication, n'est-ce pas ! Car oui, c'était une fierté pour certains de dire qu'il faisait partie de l'organisation.

Ma place de Présidente m'a donné accès à des personnes reconnues, mais aussi aux dessous insoupçonnés du monde du spectacle. La première année de l'association, nous avions toutes les informations par la Présidente vacataire, et nous devions juste appliquer ce qui était demandé, sans pouvoir manier à notre façon les choses, selon les spécificités de notre région, car notre association était en formation. Nous étions complètement dépendants d'une charte. Ce document juridique définissait les objectifs et les moyens communs de fonctionnement de chaque association affiliée.

Il était impossible de parler au Président du comité national, il était inaccessible pour les membres des régions, et ne s'adressait qu'aux Présidents régionaux. Dès le commencement de l'organisation, alors que j'étais encore secrétaire ce détail nous avait interpellé mes collègues et moi, ainsi que la précipitation d'organiser le premier concours et ce, dès le début de l'association. Ceci dit, nous avons poursuivi l'activité en observant, et nous nous projetions dans le futur, en notant soigneusement ce qui ne convenait pas, et ce que nous pourrions changer une fois un Président élu sur place en

Guyane. J'étais loin d'imaginer à ce moment que ce rôle, tomberait sur... moi !

À l'issue du premier concours, on pouvait considérer que notre formation était complète. Nous avions vu tous les points à respecter, et les activités que nous devions réaliser avec les femmes de tout âge qui viendraient à nous. Enfin c'est ce que nous pensions. Il fallait donc élire un Président parmi les membres de notre comité régional, et comme vous avez pu le lire plus haut, c'est moi qui fus choisie. J'ai donc intégré le groupe très sélect des Présidents de régions. Je me suis vite rendu compte qu'il y avait de nombreux conflits entre certains Présidents régionaux et le Président du comité national. J'étais comme une fourmi à écouter, à regarder sans jamais m'exprimer, et à garder pour moi-même, toutes ces informations car en devenant Présidente, j'avais signé une clause de confidentialité sur le contrat me reliant au comité national.

J'ai toujours fait semblant que tout allait bien auprès de mes partenaires, des membres et des candidates, car la date de notre seconde élection approchait. J'ai pris sur moi pour épargner les autres, afin ne pas décourager ceux qui ont tant donné, et qui étaient si fiers d'être membres de ce comité. Mais la face immergée de l'iceberg, est que je portais sur mon dos un nouveau fardeau, en plus des nombreux bagages que je portais déjà.

a. Une relation toxique

De plus, je sortais à peine d'une relation très toxique, où j'avais mis des mois à trouver comment me détacher d'une telle emprise, sans créer de grand problème à la suite de menaces de suicide, de cette personne. Il a fallu être stratégique, créer volontairement de la distance, doucement lui faire accepter que je ne me plaisais plus dans cette relation même s'il était prêt à remuer ciel et terre pour que cela fonctionne.

Dans ce genre de relation dite toxique que ce soit en amour, en amitié, familiale ou même dans un cadre professionnel, il faut réfléchir à ce qu'on va dire, à la manière dont on va le dire. Les mots doivent être choisis soigneusement : il faut expliquer à la personne qu'on a une impression de changement dans sa personnalité qui ne va pas dans le sens du bonheur, tout ceci est stressant au quotidien. De plus, la relation restera toxique t'en que le partenaire ne décide pas de faire un travail sur lui-même pour guérir les blessures qui le renvoie à son passé.

Il s'agit de « violence », que ce soit d'un point de vue psychologique ou physique. Le problème était qu'il avait une sorte de dépendance par apport à moi. Les personnes causant la toxicité demandent toujours beaucoup d'attention et ne sont jamais satisfaites. Chaque fois qu'il venait chez moi et que j'étais absente sans qu'il en sache la raison, ou qu'il m'appelait et que je ne répondais pas, c'était un problème, une source de conflits, j'étais oppressée. Il n'était pas guéri de ses trahisons passées et j'en subissais les conséquences. Je souffrais plus que je ne profitais de cette histoire ; et relation de cause à effet, je suis devenue exécrable[2] envers lui, résultat de mon mal être intérieur.

b. Différence entre relation toxique et personne toxique

Une « personne toxique » sera toxique avec tout le monde. Elle est une personne incapable de se remettre en question, rejette ses responsabilités sur les autres, veut du mal, vous dévalorise et vous insulte constamment. Elle est habitée par des démons si grands qu'elle estime que les autres en sont responsables et qu'elle n'a rien à changer. Détruire les autres est sa spécialité.

Une « relation toxique » est par définition, une relation au sein de laquelle l'une des deux personnes (ou les deux) se sent mal, ressent un inconfort, un mal-être latent, un état de morosité… Il se peut que des blessures respectives qui se reflètent soient difficiles à gérer.

Prenons l'exemple d'un couple, l'un peut avoir une blessure du type : « Je n'ai jamais été une priorité pour personne », et le conjoint du type : « J'ai dû prendre en charge trop de personnes dans mon enfance ». L'un attendra de l'autre qu'il fasse de lui une priorité et l'autre ne sera pas en mesure de le faire parce que sa blessure non réglée l'en empêche.

En dehors de cela, mon partenaire avait aussi de bons côtés. Il était gentil, serviable, affectueux, ce qui était complètement l'opposé de l'image extérieur de caïd qu'il donnait de lui dans notre groupe d'ami commun (lieu où d'ailleurs, je l'ai rencontré). Au début, on ne se disait que bonjour, je l'évitais

---

[2] Qui est très mauvais.

car j'avais entendu parler de lui par les autres disant qu'il était très bagarreur, et qu'il était toujours en tête de file quand il fallait régler les problèmes par la force, savait-il faire autrement d'ailleurs ?! Durant tout ce temps, il m'observait, d'après et ses dires, j'étais différente de toutes les filles du groupe niveau caractère et personnalité. J'avais le respect de tous les garçons et c'est ce qui l'a poussé à s'approcher de moi. Nous avons appris à nous connaître, et j'ai découvert sous le manteau de caïd, la face cachée de sa vie que personne d'autre que sa famille proche ne connaissait. De façon innocente, j'ai voulu aider l'enfant blessé qu'il avait à l'intérieur pensant bien faire, telle une éponge émotionnelle[3]. J'ai commencé à supporter avec lui ses difficultés jusqu'à en faire les miennes, et il s'est simplement accroché, trouvant un apaisement et du réconfort, jusqu'à en faire une obsession.

c. Syndrome de l'infirmière et codépendance

Avec le recul, je me rends compte que parfois, nous attirions les mauvaises personnes à nous. Ce comportement que j'ai eu d'un point de vue psychologique porte la notion de « syndrome de l'infirmière » ; il provoque le besoin inconscient d'aider, ou de « sauver » son partenaire. Sans s'en rendre compte, on est attirés par ceux qui ont des problèmes personnels, ou qui vont mal, et nous accueillons des personnes qui sont notre reflet.

Vous êtes-vous déjà fait cette réflexion : « Pourquoi je tombe uniquement sur des personnes à problèmes ? N'ai-je donc pas droit au bonheur moi aussi ? », si c'est le cas, posez-vous plutôt cette question « Suis-je atteint(e) du syndrome de

---

[3] Personnes qui ressentent tout plus intensément.

l'infirmière ? ». De nombreuses personnes, en particulier les femmes, passent leurs journées à prendre soin des autres, en s'oubliant elles-mêmes. En relation, dévastées et peinées par la vie que mène leur partenaire, elles vont alors prendre le rôle de l'héroïne, et le porter vers le haut à tout prix grâce à l'argent ou par l'écoute qu'elle apporte au quotidien. En réalité, en aidant leur partenaire, ces femmes vont chercher à se sauver elles-mêmes d'un mal intérieur et inconscient, elles s'occupent de l'autre comme d'un enfant blessé.

Il était dépendant de moi, et force est de constater que sans le savoir, j'étais codépendante[4] de lui. On se victimise souvent sans se remettre en question, accusant l'autre de notre malheur, alors que l'on est soi-même l'auteur principal de nos déboires. Tout comme le dépendant a besoin d'une autre personne pour se sentir en sécurité, le codépendant a précisément besoin d'une personne dont il doit s'occuper. Dans ce genre de contexte, ce que l'on définit comme altruisme[5] et bonne volonté, n'est rien de plus qu'un pur besoin de se donner dans sa totalité aux autres, c'est une façon de se sentir aimé.

Ceci peut être dû au fait d'avoir grandi dans une famille où nos opinions et nos sentiments n'ont pas été respectés, par conséquent nos besoins émotionnels n'ont pas été satisfaits de manière adéquate. Dans cette situation, plutôt que de risquer le rejet ou la critique, on apprend à ignorer nos besoins ou à croire qu'ils étaient faux, d'ignorer nos sentiments ou les considérer comme sans importance. Ce sont les autres qui deviennent une priorité à nos yeux, et pour garder leur amour il

---

[4] Dépendance psychologique à un partenaire qui a besoin de soutien pour résoudre des problèmes.

[5] Disposition à s'intéresser et à se dévouer à autrui (opposé à égoïsme).

faut être très attentionné et apprendre à taire ses propres besoins. De tout ceci découle le fait d'être poussé inconsciemment à croire que le mieux c'est de devenir autosuffisant, et de chercher du réconfort dans le travail, le sexe, la nourriture ou les drogues. Le codépendant construit son estime de soi à partir de ce qu'il offre aux autres : « Je me sens accepté quand je donne. » !

d. Contre dépendance

L'attention du partenaire codépendant est centrée sur les besoins du partenaire en difficulté. Il sacrifie voire méconnaît les siens. Jusqu'au moment où il n'en peut plus de tout ça et rejette la relation, ce qui était mon cas. C'est une réaction de « contre-dépendance ».

Certains signes de contre-dépendance peuvent apparaître lorsque la personne codépendante souffre de son sentiment de dépendance vis-à-vis de son partenaire addict et ne supporte plus ni l'état de soumission ni les comportements de son partenaire. Un revirement complet peut aussi se produire, le partenaire codépendant devient alors rejetant, et c'est exactement ce qui m'est arrivé. Je ne le supportais plus, le voir me mettait en colère, je levais les yeux au ciel en me disant : « Qu'est-ce qu'il veut encore ? Pourquoi il vient ici ? Il ne peut pas rester chez lui ? Quand est-ce qu'il va partir ? ».

Les attitudes de contre-dépendance se caractérisent notamment par le fait que[6] :

---

[6] Maria Hejnar, psychologue clinicienne, psychothérapeute.

- Vous évitez de demander de l'aide,

- Vous cachez aux autres vos difficultés et notamment votre sentiment d'insécurité et vous préférez prétendre que tout va bien,

- Vous vous coupez de vos sentiments de peur de constater des faiblesses,

- vous présentez souvent des comportements perfectionnistes,

- Vous sexualisez tout signe d'affection.

e. L'impact des relations toxiques sur l'estime de soi

Nous avons cette fâcheuse tendance à reproduire les schémas que nous connaissons. Si vous avez grandi dans un modèle de relation toxique (avec un parent, par exemple), il y a de fortes chances que vous en reproduisiez le schéma dans vos relations amoureuses et amicales.

À force d'être dans une relation toxique (avec ou sans personne toxique), on constate une baisse de l'estime de soi, une tendance à la négativité, un manque d'énergie, des problèmes de sommeil, de l'anxiété… Si une relation vous prend de l'énergie parce que vous ne vous y sentez pas bien, vous n'en aurez plus pour vous épanouir dans les autres domaines. Ne sous-estimez pas l'impact d'une relation qui ne vous épanouit pas, cela aura des répercussions sur tout le reste de votre vie.

f. Burn-out

Tout ceci devenait lourd et pesant pour moi, j'ai fini par mettre un terme à la relation. À ce moment-là, j'avais un confident qui m'écoutait. Lui parler m'aidait à supporter la charge, à souffler un peu. Il me motivait, et commençait à m'accompagner en réunion durant les phases les plus difficiles. Il m'encourageait en me disant des affirmations positives, qui allaient me booster, telles que : « Tu peux y arriver, tu es forte, tu as commencé, vas au bout, ne te laisse pas atteindre par les coups de la vie, je crois en toi ». Alors ça me donnait un peu d'énergie pour recharger mes batteries et repartir. Il était ma béquille d'appui avec qui je marchais constamment.

Avec le recul, je constate que bien souvent, j'ai négligé les signes que mon corps m'envoyait. Il me disait : « ATTENTION ! Quelque chose ne va pas ! » mais je ne l'écoutais pas et ne cherchais pas à comprendre pourquoi j'étais à plat physiquement. J'étais dans le déni total. J'avais un objectif à atteindre, j'avais pris un engagement et je devais m'y tenir. Pourtant j'avais tous les signes précurseurs d'un problème bien plus profond et grandissant : le « burn-out ».

Le burn-out se traduit par un « épuisement physique, émotionnel et mental qui résulte d'un investissement prolongé dans des situations de travail exigeantes sur le plan émotionnel[7] ».

Il nous dégrade principalement en trois étapes[8] :

1. Une **érosion de l'engagement** (en réaction à l'épuisement), sentiment d'être totalement vidé de ses ressources ;

---

[7] Schaufeli et Greenglass, 2001.
[8] Le syndrome d'épuisement professionnel ou burn-out – https://travail-emploi.gouv.fr/

2. Une **érosion des sentiments** (à mesure que le cynisme s'installe), l'individu devient négatif, dur, détaché, vis-à-vis de son travail et des personnes. Il « déshumanise » inconsciemment les autres en mettant son entourage à distance. Cette seconde dimension correspond en quelque sorte à un mouvement d'auto-préservation face aux exigences (émotionnelles) auxquelles la personne ne peut plus faire face.

3. Une **érosion de l'adéquation entre le poste et le travailleur** (vécue comme une crise personnelle). Perte de l'accomplissement personnel, une dévalorisation de soi, traduisant à la fois pour l'individu le sentiment d'être inefficace dans son travail et de ne pas être à la hauteur du poste. Malgré tous ses efforts, le travailleur se sent dans une impasse.

Dans l'association, j'étais bloquée par la règle de confidentialité du groupe des Présidents et ne pas pouvoir exprimer ce que je ressentais à mon équipe, dire ce qui n'allait pas, devoir leur mentir volontairement, savoir qu'une grande chute allait arriver et qu'on fonçait droit dans le mur, m'ont conduit à ce burn-out.

Nous n'avions pas réussi à rassembler le budget nécessaire à l'organisation de la deuxième édition de notre concours. Nous avons donc décidé d'annuler le spectacle et j'avais la simple charge en apparence de l'annoncer au Président du comité national, qui acceptait de parler uniquement aux porte-parole régionaux, ou les Présidents élus. C'était le début de ma descente dans un trou noir. Pour la première fois j'étais en relation directe avec le visionnaire du concept. Il m'a écouté lui expliciter les raisons de notre décision de reporter l'élection. Sans donner de réponse immédiate, il semblait comprendre et prendre conscience de l'importance de ce report.

Plus tard, j'ai reçu un mail très salé de la part de ce monsieur, me stipulant qu'il était inacceptable d'annuler l'élection, que j'ai signé en tant que Présidente une charte qui m'engageait, que mon comité risquait des pénalités si les conditions obligatoires d'élections n'étaient pas respectées, et m'a soigneusement rappelé ce à quoi je m'exposais. J'ai compris qu'en fait, nous n'avions pas les mêmes valeurs, et les mêmes objectifs. Je me suis investie pour apporter un plus dans la vie de femmes désireuses d'affirmer leur féminité, alors qu'en face j'avais une personne qui pensait principalement business. C'est à ce moment que j'ai commencé à être victime de chantage psychologique par ce monsieur, sur mon téléphone.

Prise de panique, je n'en parle à personne, je prends sur moi. Le chantage est une forme de menace, faite par un manipulateur. Leur but est de semer le doute et le malaise. Pour ne pas donner prise au manipulateur, il vaut mieux ne pas chercher à se justifier, car cela ne ferait que vous fragiliser encore plus. Je ne réponds plus aux appels incessants, j'avais même peur d'écouter les nombreux messages vocaux qu'il me laissait sur ma messagerie. En clair, j'ai fait la morte. De toute façon, nous étions physiquement à 8000 km l'un de l'autre, il ne pouvait que m'appeler.

Je me suis contentée d'informer mon équipe que notre demande avait été refusée. J'avais des rebelles dans mon groupe qui souhaitaient se faire entendre, et riposter à cette décision négative considérée comme une attaque, en envoyant un message stipulant que nous n'acceptions pas cette décision. Mais je ne voulais pas mettre le feu aux poudres, je pensais à ces jeunes femmes qui, pour certaines, s'imaginaient, rêvaient de monter sur scène. L'évènement approchait et je ne voulais pas briser leur espoir de strass et paillettes. Au-delà de ma douleur intérieure, et de la pauvreté du compte en banque de l'association, je souhaitais aller au bout du rêve que j'avais vendu à ses femmes. J'avais espoir qu'avec un effort de plus, mon équipe et moi pouvions parvenir à organiser le concours, en voyant plus petit, en cherchant des sponsors et en réduisant les coûts. C'est alors que le coup de grâce s'est abattu sur moi sans que je m'y attende.

Mon ami, mon confident, ma béquille, m'informe qu'il était sur le point de quitter définitivement le département dans quelques jours, mais qu'il ne savait pas comment me le dire. Mon cœur s'est fendu en mille morceaux, comme une feuille de verre recevant une balle en plein centre. *Comment vais-je pouvoir tenir sans toi en étant si proche de la date de l'élection ?* lui dis-je. J'avais mis tous mes espoirs et ma source de force dans un être humain, comme moi-même. J'ai fait semblant de m'y résigner, et je lui ai dit que ce n'était pas grave, que j'allais m'en sortir, comptant sur mes propres forces, alors que j'en avais quasiment plus. Je ne voulais pas être égoïste en pensant qu'à moi, il devait partir pour construire sa vie ailleurs. J'étais dans une lutte intérieure indescriptible.

Voici ce que déclare l'Éternel :
Maudit soit l'homme qui met sa confiance en l'homme, et
qui fait des moyens humains la source de sa force, mais qui
détourne son cœur de l'Éternel.

Jérémie 17:5

Ah ! Comme ce verset me parle aujourd'hui. Il décrit parfaitement la suite de mon récit à venir. Beaucoup de gens commettent l'erreur de remettre leur choix, leur décision, leur vie, entre les mains de personnes qui leur sont très proches, très intimes. Souvent, c'est par manque de confiance en eux-mêmes ou simplement, parce qu'ils ne veulent pas faire face à leur réalité, et affronter le véritable problème qui combat contre eux. Alors, on discute pour faire redescendre la pression, extériorisé, on cherche du réconfort, de l'empathie, tout ceci nous fait du bien dans le meilleur des cas, mais hélas il est éphémère, car le problème initial en soi n'est pas résolu. Dans le pire des cas, notre état peut s'aggraver si ceux sur qui nous nous appuyons venaient à nous trahir, ou à nous abandonner. Je ne savais pas que mon premier appui devait être Dieu.

Mieux vaut chercher un refuge en l'Éternel que de se
confier à l'homme.

Psaumes 118:8

À force de lutte, l'association a pu bénéficier de la salle de spectacle sans avancer les fonds avant la location, avec tout le staff technique lumière et son nécessaire. Étant comptable fournisseur dans mon emploi salarial, j'ai contacté mes relations professionnelles pour obtenir de la pub radio télé et affichage avec une échéance de règlement à soixante jours, ce qui nous a permis de promouvoir l'évènement. Des partenaires régionaux nous ont soutenus afin d'habiller les filles pour les différents passages sur scène. Nous avions l'obligation de faire un passage des candidates avec des tenues provenant d'un fournisseur, partenaire national, que je n'approuvais pas. Question éthique, je n'étais pas d'accord, mais je semblais être la seule à ne pas être en faveur de ce fameux passage. J'ai donc ravalé mon avis, et j'ai laissé faire les choses, tout en ayant un sentiment de honte envers ce que le public dirait. Imaginez-vous le nombre de choses que j'ai dû accumuler et garder en moi, me détruisant intérieurement à petit feu ?

Nous sommes à un mois et demi de l'élection, mon ami confident est parti. Je n'ai plus personne à qui parler de tout ce qui me dérange et fais mal à mon âme, à mon cœur, à mon corps. Je reçois un appel du Président national me rappelant que l'association doit payer à son épouse et lui un billet aller-retour afin d'assister à l'élection, qu'il doit être présent lors du dépouillement des votes, sans oublier les frais de déplacement qui s'en suivent, logement et voiture. Je réponds que je n'ai pas oublié. Sur le coup, mentalement, je ne suis plus en état de discuter. La série de harcèlement téléphonique par mon bourreau devient de plus en plus oppressante, car la date de la manifestation approche, et il ne voit pas sa demande aboutir. L'association n'a pas les fonds nécessaires pour répondre à sa demande. Quand je décide de décrocher à ses appels, je subis des assauts de pression psychologique. Toutefois, je n'en parle pas à l'association, je prends sur moi.

C'est alors que mes pensées se sont confirmées. Ce dans quoi je me suis engagée, avait pour mission première de permettre au Président fondateur de voyager sans débourser le moindre centime, et d'obtenir des fonds car si bénéfices, nous devions reverser un pourcentage au comité national dirigé par lui. Je me sens manipulée, trahie, et utilisée par une personne que je ne connais pas réellement. Mon prédécesseur au poste de Président pour notre région tente de me calmer, et me dit que je prends trop les choses à cœur. Elle était d'ailleurs la secrétaire du comité national.

Je suis encore plus blessée de constater qu'une fois de plus, je me suis investie... Pour rien. La douleur de mon âme est si forte que je ne peux plus tenir. Mon rendement dans mon emploi salarial est impacté, je ne suis plus opérationnelle, mon supérieur direct me donne des mises en garde, je stresse. Nous sommes à quatre semaines de l'élection, j'ai besoin d'une coupure pour tenir la route, je n'ai pas de sas de décompression pour m'aider à évacuer tout mon stresse. Je n'ai plus de point d'appui, du moins c'est ce que je pensais car je ne savais pas que je pouvais m'appuyer sur Dieu. J'ai posé des congés express, pris un billet d'avion, et je suis partie pour sept jours loin de tous et de tout. En gros, j'ai pris la fuite. J'ai abandonné mes responsabilités de Présidente bénévole, laissant la charge à mon équipe de faire les dernières démarches, à quelques jours de la manifestation. Je suis partie rejoindre mon ami confident, ne reconnaissant pas là, les signes d'une « dépendance affective ».

g. Dépendance affective

Elle ne concerne pas uniquement les relations amoureuses. Elle peut se manifester en amitié, en amour, au travail, dans le cadre familial, etc. C'est un problème psychologique défini comme un besoin de l'affection des autres. Elle est plus fréquente chez les personnes qui manquent de confiance en elles, et c'était mon cas. Après tout j'étais censée avoir une équipe, non ? Une organisation, même quand la présidence n'est pas présente, doit en principe continuer d'être productive, n'est-ce pas ? Ma mère s'inquiétait énormément pour ma santé car, six mois plus tôt, j'avais eu une grosse crise d'angoisse, accompagnée d'hyperventilation, c'était impressionnant et douloureux. J'avais terminé à l'hôpital avec un arrêt de travail de deux jours pour me reposer. Je n'écoutais pas les signaux envoyés par mon corps. Il me fallait cette coupure, il me fallait mon ami.

Le trouble de la personnalité dite « dépendante affective » provoque des comportements extrêmes d'attachement aux autres. Elle se caractérise par un besoin permanent et excessif d'être épaulé. La relation à l'autre est utilisée comme moyen pour se rassurer. Le plus compliqué est que ce besoin de soutien à outrance, amène les personnes souffrant de cette dépendance à adopter un comportement soumis et collant. Elles ont constamment besoin d'être écoutées et conseillées. Pour ne pas perdre leurs relations, quelles qu'elles soient, elles n'affirmeront jamais leurs désaccords. Cela peut être dû à un manque d'affection pendant la période de l'enfance, ou parce que ces personnes ont vécu un choc émotionnel, mais ce n'est pas systématique. Les femmes sont généralement plus affectées par cette dépendance que les hommes, selon les statistiques.

Voyons ensemble quelques symptômes[9], car pour en sortir, il faut d'abord avoir une prise de conscience de cet état :

- Avoir du mal à prendre des décisions sans conseil ni validation d'un tiers.
- Compter sur d'autres (conjoint, famille, amis) pour assumer les responsabilités dans les domaines importants de sa vie.
- Craindre et éviter tout désaccord avec son interlocuteur (peur des conflits, d'être rejeté, exclu).
- Manque d'estime de soi, avoir du mal à démarrer des projets ou à faire les choses par soi-même.
- Se sentir anxieux, à la pensée d'être seul.
- Se rendre spontanément responsable de ce qui ne va pas.
- Se sentir obligé de satisfaire les demandes et besoins d'autrui.
- Avoir vraiment besoin de l'approbation et du réconfort des autres.
- Être incapable de poser et de défendre ses propres limites.
- Avoir des comportements compulsifs.
- Avoir une jalousie excessive.

Si vous vous êtes reconnus dans au moins cinq de ces affirmations, vous pouvez considérer que vous avez tendance à la dépendance. Comment s'en sortir ? La prise de conscience de vos zones de vulnérabilité ouvre la réflexion sur ce que vous

---

[9] Dépendance affective : les signes qui ne trompent pas – psychologies.com

pouvez commencer à modifier dans votre comportement. La dépendance affective peut se traduire par différents signes d'intensité variable selon les individus. La peur de se retrouver seul, doit être vaincue par quelques exercices simples comme s'exposer à des moments de solitude, ou d'éloignement de l'autre, s'engager dans des activités pour soi et par soi-même et mieux accepter les émotions et les frustrations. Le sport, l'expression artistique sont autant d'activités qui pourront aider à se connaître davantage et donc, à gagner en confiance[10].

À la fin des sept jours, j'ai repris l'avion, je suis rentrée chez moi. Partir m'avait fait du bien, j'étais plus légère car j'avais pu parler à mon ami et recevoir ses conseils. Des membres de mon équipe m'ont reproché d'être partie en abandonnant mes responsabilités, et je l'assumais complètement. Rien n'avait été fait en mon absence pour avancer, nous sommes à deux semaines de l'élection. Communiquer avec mon équipe devient pour moi une tâche difficile, je m'emporte vite dans la colère, je n'arrive pas à réfléchir correctement, je ne suis plus moi-même. Il faut me répéter plusieurs fois les choses, mon cerveau ne s'arrête plus, je ne dors plus, car un obstacle de plus se colle aux autres, les tickets de l'évènement ne se vendent pas. Tout se bouscule dans ma tête, je me demande comment je vais pouvoir payer les prestataires et la salle sans rentrée d'argent ? Mon image risque d'être ternie auprès de mon employeur si je n'honore pas le règlement des factures car après tout, c'est grâce à mon poste salarial que j'ai pu obtenir des conditions de paiement.

---

[10] Dépendance affective : causes, symptômes et prise en charge – sante.journaldesfemmes.fr

Le jour J est enfin arrivé. Nous avons pu faire venir la secrétaire du comité national, les frais de voyage étaient trois fois moindres, et sachant nos difficultés, elle s'est occupée personnellement de son hébergement pour nous éviter des dépenses supplémentaires, au grand déplaisir du Président fondateur qui a cessé de me harceler dès qu'il a su que définitivement, il ne viendrait pas. Nous étions tous beaux et rayonnants de joie. L'espace de cette journée, j'avais mis de côté tous mes soucis pour arborer mon plus sourire. C'est ce jour-là que pour la première fois je suis montée sur une scène, sous les feux des projecteurs, face à un public, pour parler au micro. C'était mon défi d'affronter le regard des gens sur mon physique charnu et épais. C'était ma façon d'affronter mon manque de confiance en moi. C'était la première fois que j'arrêtais de me cacher au grand public. Malgré tout ce qui s'était passé, je n'oublierais jamais ce jour, car c'était l'un des plus beaux jours de ma vie, la concrétisation d'un rêve. Ce jour-là, mon équipe a su prendre les rênes, ils m'ont exigé de ne rien faire car mon stress était totalement visible. Néanmoins, je me baladais partout pour contrôler que tout le monde était là où il devait être. Ma mère et l'une de ses amies, qui travaillait en restauration, Stéphanie C, s'étaient portées volontaires pour être à la buvette qui se trouvait à l'extérieur de la salle. Stéphanie a été très gentille et volontaire, si bien que j'ai une énorme gratitude pour le temps qu'elle a passé à cuisiner pour nous, malgré ses obligations personnelles.

Fin de soirée, ma mère était heureuse de voir tout le travail fourni et la conclusion de tant d'acharnement pour ce concours. J'étais épuisée, j'ai récupéré la caisse, et je suis rentrée dormir. Le lendemain à la première heure, j'ai fait le calcul des recettes buvettes et entrées comprises, afin de déposer l'argent sur le compte bancaire. Comme je m'y attendais, nous ne sommes pas rentrés dans nos objectifs et... j'ai fondu en larme. J'avais rendez-vous avec les membres du bureau l'après-midi pour un débriefing. J'étais complètement abattue, tous mes fardeaux qui avaient disparu l'espace d'une soirée sont réapparus. Lors de la réunion générale qui a suivi avec tous les membres de l'association, il était question de faire des ventes diverses pour rentrer des fonds complémentaires, afin de payer les factures, car la recette de la soirée était juste suffisante pour payer l'animateur, les artistes, le billet d'avion de la gagnante pour le concours national en métropole, et quelques petites factures. Je suis rentrée inconsciemment dans un mutisme.

h. Mutisme sélectif

Le « mutisme sélectif » est un trouble anxieux, dans lequel la personne qui en souffre ne parle pas dans certaines situations sociales. Ce trouble est généralement plus fréquent chez les enfants, mais il affecte également les adultes. Un individu atteint de mutisme sélectif comprend bien ce que les autres disent, et est capable de parler parfaitement, mais dans certaines circonstances, il lui est impossible de communiquer. Quiconque souffre de mutisme sélectif parle librement avec certaines personnes, telles que sa famille proche et ses amis, mais quand il est avec d'autres, il est tellement paniqué et effrayé, qu'il se sent paralysé, gelant le discours[11].

---

[11] Le mutisme sélectif chez l'adulte : causes, symptômes et traitement – psychologue.net

Dans mon cas, c'était avec les membres de mon association. Je n'arrivais pas à parler, je n'arrivais plus à communiquer, dire ce qu'il y avait dans mon cerveau était comme impossible. Alors, j'écrivais à ma secrétaire Fatia, mon amie et collègue de l'époque, et elle transmettait.

Après quelque temps, la majorité des membres se sont désistés des actions que nous avions prévu de mener. L'un d'eux, actif dans l'événementiel, m'a dit que je suis trop intègre car dans ce milieu, il faut accepter de faire des concessions et de ne pas tout faire dans les règles pour obtenir un spectacle sans aucune dépense de notre poche. Ça m'a conforté dans l'idée que ce n'était pas ma place, et que je devais impérativement sortir de là. Au fil des réunions, je me suis rendu compte que j'avais des pertes de mémoire. Des trous noirs. Impossible de me souvenir de ce que l'on m'avait dit et du moment, alors que tout le monde me confirme que ça a bien été dit. Je le vois sur le procès-verbal de réunion, mais dans ma mémoire aucune trace, c'est alors que je me rends compte que j'ai un véritable problème et qu'il est peut-être d'ordre psychologique avec tout ce que j'ai vécu. Je refuse l'idée que j'ai besoin d'un spécialiste. Non, je ne veux pas, je n'irais pas voir un psychologue pour m'aider.

Les jours s'écoulent, les échéances approchent, que dois-je faire ? L'association n'a plus d'argent, je n'ai plus personne de motivée pour mener les actions y compris moi. Mes journées sont rythmées de pleurs et de désespoir. Je me sens seule et abandonnée de tous. Au travail, je pleure régulièrement derrière mon ordinateur, mon supérieur le voit et me dit que cela ne peut plus continuer ainsi. Pour me libérer l'esprit, j'écris mes peines à l'encre de mes larmes sur des feuilles de papier blanc. Je fredonne mes écrits, car mon essence, c'est chanter. En effet, ce qui me libérait un peu, c'était de chanter mes peines, c'était ma façon d'extérioriser. Souvenez-vous de ce passage sur la dépendance affective, qui disait que l'expression artistique est l'une des activités qui permet de se connaître davantage et donc de gagner en confiance. Étais-je sur le chemin de la Guérison sans le savoir ?

Finalement, à force de réflexion, je prends la décision de rencontrer ma conseillère bancaire. Je fais le choix de débloquer mon épargne personnelle, fruit de huit années d'économies, pour épurer les dettes de l'association, avant de démissionner du poste de Présidente et de fermer celle-ci sans successeur avéré. Car il était hors de question que nous entamions une troisième édition dans ces conditions.

Un montant à trois zéros, parti dans une association dans laquelle au départ, je ne voulais pas m'engager. À l'auto-école quand on passe le code, au début de la vidéo une voix nous rappelle que « La première impression est souvent la bonne », c'est aussi le cas dans nos choix de tous les jours. Faites confiance à votre instinct, et non aux voix qui vous entourent. Mon amie qui m'avait encouragée à m'y investir, n'a absolument rien perdu, mais je ne lui en veux pas, car c'est l'histoire de ma vie, ça devait se passer comme cela.

Cet argent sacrifié, c'était la constitution d'un apport pour acheter mon premier bien immobilier. Raison pour laquelle je résidais toujours chez mes parents. Ne dit-on pas que c'est chez les parents que nous faisons les plus grandes économies ?

J'étais déchirée, cette fois ce n'était plus simplement de l'intérieur, mais aussi de l'extérieur. Je n'avais plus de fierté, mais mon intégrité n'a pas été bafouée, car j'avais honoré le paiement des fournisseurs avec lesquels je travaillais quotidiennement, et j'étais sûre de ne pas perdre mon emploi. Toutefois, je n'ai pas réussi à payer la salle de spectacle. J'ai rédigé un courrier pour expliquer la situation et demander une remise gracieuse de la dette, ce qui m'a été accordé.

Je n'avais plus goût à rien, j'étais anéantie, je ne voyais plus le sens de ma vie, je me sentais maintenant diminuée, je ne faisais que pleurer en cachette jusqu'à faire une crise de larmes, due au stress, dans les toilettes au travail. Mon supérieur m'a ramassé au sol, j'étais appesantie et affaiblie par mes fardeaux. Désespérée, doutant des possibilités de tout recommencer, j'ai sombré dans le trou noir de la dépression !

III
Y a-t-il un Dieu dans le ciel ?

Au fil des jours, ma vie était devenue monotone et routinière : maison, boulot, dodo. Je m'étais complètement renfermée sur moi-même. Je ne voulais parler à personne, je m'isolais volontairement. J'avais coupé tout lien social avec le monde extérieur, au point qu'une amie, qui s'inquiétait de ne plus avoir de mes nouvelles, finit par appeler à mon travail sous un faux nom afin d'être sûre de m'avoir au bout du fil, car ses appels et ses messages restaient sans réponses. C'était peut-être le seul moyen pour elle d'avoir de mes nouvelles. Sa démarche représentait beaucoup pour moi. Quelqu'un en dehors de ma famille se souciait de moi ! Aujourd'hui, nous ne sommes plus aussi proches. Nous avons pris des chemins opposés, toutefois, je n'oublierais jamais cette attention qu'elle a eue envers moi.

Dans mon esprit, des pensées obscures se baladaient. M'enfermant la plupart du temps dans ma chambre, ma mère me surveillait énormément. Je n'avais plus d'appétit, et en toute honnêteté, je songeais à mettre fin à mes jours. Je réfléchissais au moyen le plus simple de quitter ce monde sans souffrir, mais très vite, une voix me disait : *Regarde l'amour de tes parents, regarde les sacrifices qu'ils ont faits pour toi, imagine la souffrance que tu leur infligerais si tu faisais cela !* Cette voix qui, je le sais aujourd'hui s'appelle le *Saint-Esprit*, est celle qui m'a empêchée de passer à l'acte. Pourtant, à ce stade de ma vie, la perte de mes économies était le coup de grâce qui m'avait anéanti. Tous les projets que j'avais soigneusement prévus dans mon plan de vie se sont envolés. Vous savez, quand on ne connaît pas le Seigneur, on a notre idéologie de la vie que l'on souhaite avoir. On vit pour soi-même, pour assouvir son ego, ses désirs les plus profonds, et quand cela échoue, ou que l'on rencontre des obstacles, certaines personnes, comme moi, se retrouvent au bord du gouffre.

Je n'étais plus que l'ombre de moi-même. Un jour, alors que mon frère et mon père étaient partis, maman me fit m'asseoir afin que je lui confesse mes problèmes. Je ne me rendais pas compte qu'à travers mon attitude, son cœur de mère souffrait de me voir ainsi ; elle voulait comprendre et m'aider. Je lui ai alors expliqué, comment et pourquoi j'avais sacrifié mes économies. Elle a séché mes larmes, et m'a dit : *Parle à Dieu de ta situation.* Mon père n'approuvait pas du tout ma vie associative, et si à ce moment précis il avait su cette histoire, sa colère se serait déchaînée sur moi, et je n'avais clairement pas besoin de cela à ce moment précis de ma vie.

Mes parents n'étaient pas chrétiens, mais ils ont toujours su que Dieu existait, et parfois ils nous en parlaient à mon frère et moi, avec le peu qu'ils savaient. Du côté maternel, j'ai des tantes que je ne connais pas, qui sont converties et pratiquantes de la foi chrétienne d'après les dire de ma mère. Du côté paternel, c'est plutôt l'inverse. Moi, avec toutes les difficultés que j'avais traversées de mon enfance à ma vie de jeune femme, je me demandais : *Y a-t-il un vraiment un Dieu dans le ciel ?*

Ma mère, dans le secret de sa chambre, parlait à cœur ouvert avec ses mots à celui qu'elle savait être un Dieu tout-puissant, afin qu'il me sorte de cette période difficile qu'elle me voyait traverser. Et qui a-t-il de plus puissant que les prières d'une mère pour ses enfants ? Elle m'avait encouragée à lui parler, mais au plus profond de moi, je me demandais : « Y a-t-il un Dieu dans le ciel ? S'il est si bon, pourquoi m'a-t-il laissé autant souffrir ? » Je pense que nous sommes nombreux à nous poser cette question quand nous n'avons pas la foi.

Je n'arrivais pas à accepter qu'Il puisse exister, qu'Il puisse m'épargner la souffrance, mais qu'Il ne l'ait pas fait. Tout cela n'avait aucun sens pour ma part. Alors, je parlais seule dans ma chambre avec celui que l'on appelle « Dieu », en lui jetant toute ma colère, toutes mes années de peines et souffrances, mes plaies étaient ouvertes et vives : *Si vraiment tu existes, pourquoi j'ai si mal ? Où étais-tu quand... et quand... ; Pourquoi les autres sont-ils heureux et moi non...* Je me sentais seule ! Quand ça devenait trop intense, et que mon oreiller était trop mince pour contenir mes cris, je prenais ma voiture pour aller sur le parking d'un grand hall sportif pas loin de mon domicile de l'époque, afin de pouvoir m'exprimer à plein gosier et laisser sortir ce qui voulait déborder de mon cœur.

Parfois, il ne faut pas attendre que ça explose, il suffit de retirer soi-même le bouchon pour évacuer les excès, et éviter la gangrène. Bien que je fusse en colère contre Dieu, lui déverser ce que je ressentais me soulageait.

Venez auprès de moi, vous tous qui portez des charges très lourdes et qui êtes fatigués, et moi je vous donnerai le repos.

Matthieu 11 : 28

J'ai alors été inspirée à noter ce que je ressentais, puis naturellement, une mélodie venait sur mon cœur que j'associais à mes textes, et j'ai commencé à chanter mes peines… Oui, car depuis toute petite, ma plus grande passion était le chant. La brosse à cheveux en bois de ma mère était mon micro favori. Devant le grand miroir de l'armoire à quatre portes dans la chambre de mes parents, ou devant la télé, je m'imaginais sur scène. C'était moi l'artiste… Au fil de mes écrits, je repassais ma vie en mode panoramique, j'écrivais, puis je chantais. Et… De la colère est née une intimité avec Dieu, où j'avais l'impression qu'il m'écoutait chanter. Je commençais à être apaisée, et à me dire qu'il y avait sûrement une raison à tout cela dans ma vie. La réponse a « Y a-t-il un Dieu dans le ciel ? » commençait à être évidente pour moi. La réponse fut : « OUI, il existe, vraiment ». Et de : *Pourquoi cela m'arrive-t-il ?* mes pleurs sont devenus : *S'il te plaît, je t'en supplie, aide-moi !*

Fais appel à moi, et je te répondrai. Je te ferai connaître de grands secrets que tu ne connais pas.

Jérémie 33 : 3

49

IV
Dieu peut-il parler ?

J'étais apaisée mais pas guérie, j'avais retrouvé le sourire à l'extérieur, mais à l'intérieur je saignais en secret. Je commençais à ressentir le besoin de me faire aider pour m'en sortir, mais je n'arrivais pas à franchir le cap d'aller voir un professionnel de santé. Je voulais m'en sortir mais sans aide médicale. J'avais l'impression que mon cerveau ne s'arrêtait plus, et je n'arrivais pas à trouver le bouton stop. Je me disais qu'aller voir un spécialiste, c'était échouer encore une fois dans ma vie et qu'il y avait forcément une autre solution. Je demandais alors à Dieu de m'aider à trouver cette issue de sortie, mais Dieu peut-il me parler pour m'aiguiller ? Soudain, j'ai eu une sorte d'inspiration, et j'ai commencé à m'étudier ! Oui c'est bien ça, j'ai fait une introspection de ma vie, toutes les étapes de ma vie en commençant par l'enfance (non-acceptation de mon corps, déception amoureuse, trahison, rejet, honte…), c'est ainsi que j'ai découvert que j'étais en plein cœur d'une dépression. Je suis devenue mon propre thérapeute, en écoutant la voix intérieure qui me disait : *Tu peux y arriver par toi moi-même.* J'ai fait des recherches sur ce qui n'allait pas dans mon comportement, pourquoi j'avais certaines

50

attitudes (internet me livrait beaucoup d'informations) et j'ai commencé à émerger de la fosse.

Pourtant Dieu parle de différentes manières, mais personne n'y fait attention.

Job 33 : 14

Mon supérieur hiérarchique m'a alors conseillé une masseuse, qui avait aidé son fils dans une période difficile de sa scolarité. À travers ses massages, elle aidait à dénouer et relâcher les tensions, les nœuds émotionnels retenus dans le corps. J'ai donc pris rendez-vous et j'y suis allée. À cette même période, je faisais de nombreux rêves que je négligeais.

Un jour, au cours d'une séance, nous échangions sur les causes de mes tensions, et je lui disais que je rêvais énormément de choses que je ne comprenais pas, et auxquelles j'avais du mal à donner un sens. Pour moi, c'était très bizarre mais elle me dit : *Tu devrais faire plus attention à tes rêves, car se sont sûrement les réponses que tu attends.* Faire attention à mes rêves ? C'est quoi cette histoire ? Le Dieu dans le ciel serait-il capable de me parler au travers de mes rêves ? J'ai suivi son conseil, et j'ai commencé à noter chaque matin sur un cahier ce que je voyais durant la nuit, ou que j'entendais.

Il parle la nuit par des rêves, par des visions, quand un profond sommeil saisit les humains, et qu'ils dorment sur leur lit. Il ouvre leurs oreilles, il les avertit une bonne fois pour toutes.

Job 33 : 15-16

Cependant, je n'arrivais pas à comprendre ces rêves. J'ai commencé à en parler avec ma mère qui était encore plus perdue que moi. Puis, il y a eu ce fameux songe d'un grand tsunami, d'une puissance phénoménale engloutissant tout sur son passage, sauf moi, me trouvant dans un immeuble très haut, regardant par une baie vitrée, tout être détruit par le courant violent des eaux. J'étais impatiente de partager ce rêve étrange avec ma masseuse, dans l'espoir qu'elle me donne son opinion. Quand je lui ai exposé les faits, elle sourit et me dit : *Selon moi, le tsunami qui emporte tout autour de toi, c'est signe d'un grand changement.* Je me suis mise à réfléchir : *Qu'est-ce qui pourrait changer dans ma vie ?* Je ne voyais pas comment le changement pourrait intervenir dans ma situation chaotique. J'avais tout perdu, rien de bien ne pouvait m'arriver après ça. En tout cas, c'est ce que je croyais à ce moment de ma vie.

Les jours passaient, et un après-midi, alors que j'étais seule dans le bureau de deux places où était mon poste (le deuxième poste était toujours vacant), j'ai ressenti une forte envie d'aller à l'église...

Voici : je me tiens à la porte et je frappe...
Apocalypse 3:20

V
L'appel et les rencontres

Je n'avais jamais ressenti l'envie d'aller à l'église depuis bien des années. Dans mes souvenirs les plus proches, la dernière fois que j'avais eu le désir d'y aller, j'étais adolescente, et je voulais que ma mère m'inscrive au catéchisme le plus près de chez nous, pour pouvoir intégrer la chorale de la cathédrale (que je voyais à la télé le dimanche). Oui, mon objectif était de chanter, j'appréciais beaucoup l'opéra et le répertoire lyrique, mais maman n'a pas accepté. Alors, mes rêves de chanteuse sous tous les angles s'étaient encore envolés.

Je n'étais pas sûre que cette envie d'aller à l'église vienne de Dieu, est-ce que ce n'était pas simplement mon cerveau ? Mais en tout cas, je savais que je devais saisir cette envie qui avait surgi comme par poussée dans mon esprit. J'ai donc fait cette prière à haute voix :

Seigneur, est-ce que c'est toi qui me fais avoir cette envie d'aller à l'église ? Si c'est réellement toi, je suis d'accord, mais franchement, où dois-je aller ?! Il n'y a personne autour de moi qui fréquente une église ! Si vraiment, c'est toi qui me parles, montre-moi la voie.

... Si quelqu'un entend ma voix et ouvre la porte, j'entrerai chez lui, je souperai avec lui, et lui avec moi.

Apocalypse 3 : 20

Cette prière, elle venait du fond de mon cœur, avec mes mots du quotidien. Il n'est pas nécessaire d'utiliser un grand français soutenu pour que Dieu nous entende ! Parle-lui avec tes mots, il te connaît, il est celui qui sonde les cœurs et les reins, il est multilingue et universel, omniscient, omnipotent et omniprésent.

J'étais loin d'imaginer qu'en lui adressant cette prière, je venais d'ouvrir une porte vers la nouvelle vie qu'il avait mise en réserve pour moi. Mais encore fallait-il que je puisse trouver et reconnaître le bon chemin derrière la porte.

Mais la porte qui ouvre sur la vie est étroite, et le chemin pour y aller est difficile. Ceux qui le trouvent ne sont pas nombreux.

Matthieu 7 : 14

Quand on adresse une prière à Dieu, il est important de s'attendre également à la réponse. J'avais espoir qu'il allait me répondre et je savais que sa réponse pouvait me parvenir de n'importe quelle manière. Je me devais d'être attentive et patiente, au quotidien.

Quelque temps plus tard, j'apprenais que j'allais avoir une collègue de bureau. De la même manière que Dieu avait entendu ma prière, le « malin » l'avait lui aussi entendue. Ma supérieure m'a alors présenté une jeune femme en mission d'intérim qui partagerait le bureau avec moi. Étant d'un naturel calme et sympathique, je l'ai mise à l'aise, et nous avons au fil du temps fait connaissance. Plus nous échangions, plus je découvrais combien elle croyait en un dieu qui semblait être celui avec qui je converse régulièrement. Je lui dis donc : *Tiens, ça tombe bien que tu sois croyante pratiquante, je me cherche spirituellement en ce moment, tu peux peut-être me conseiller ?* Et c'est ainsi que nous parlions plus de spiritualité que de notre travail.

Faites attention aux faux prophètes ! Ils viennent à vous, habillés avec des peaux de mouton. Mais au-dedans, ce sont des loups féroces.

Matthieu 7 : 15

Au fil de nos échanges, je constatais des incohérences entre ce que je considérais comme juste devant Dieu, et ce qu'elle me disait appliquer dans sa vie. Dans notre quête vers le Seigneur, il est important de ne pas prendre pour argent comptant tout ce que l'on nous dit, car le serpent lui aussi rôde pour semer les mauvaises paroles, et nous dévie de notre trajectoire. Je continuais de l'écouter, et me suis décidée à acheter une Bible pour mieux comprendre, faire un parallèle entre les saintes Écritures, ce qu'elle me racontait, et ce que ma petite voix intérieure me disait. Mais j'étais persuadée qu'il y avait un problème. Je me suis dit dans mon cœur : *Seigneur, hmmm, hmmm, je ne pense pas que ça vienne de toi, en tout cas, je ne veux pas.* Cette jeune femme, c'était ma première rencontre sur la route de l'appel de Dieu. J'avais décidé de ne pas emprunter ce chemin qui selon moi, n'était pas celui que je devais prendre. Pour rappel, cette partie de l'histoire se déroule quelques mois après le second évènement de mon association.

Donc, vous reconnaîtrez les faux prophètes en voyant ce qu'ils font.

Matthieu 7 : 20

J'avais enfin ma première Bible. Je la feuilletais, je lisais les histoires, mais je ne comprenais pas le fond. J'ai vite arrêté de la lire et mise à côté de mon lit. Je me suis tournée vers des sites chrétiens qui parlaient de la foi. Je visionnais également des vidéos pour assouvir ma soif de connaissance, et connaître la *vraie vérité.*

Vous connaîtrez la vérité, et la vérité vous rendra libres.

Jean 8 : 32

Il y a des rendez-vous que le Seigneur a prévu pour toi, des endroits où tu dois croiser des personnes qui transportent une parole qui t'est destinée. C'était mon cas. Je devais me rendre dans un centre commercial pour donner des invitations que j'avais reçues, à la vice-présidente de mon association afin qu'elle s'y rende à ma place, avec la gagnante du concours de la deuxième édition. Mentalement, je n'étais pas prête à affronter une foule, et je n'aimais pas me mettre en avant. Or dans cette soirée, je n'aurais pas pu passer inaperçu. Fatia, ma collègue de bureau de l'époque, qui était aussi ma secrétaire dans l'association devait faire ses courses dans ce centre commercial le même jour. Je lui ai remis l'enveloppe pour qu'elle fasse la livraison.

Le lendemain, j'arrive au travail et je retrouve l'enveloppe dans ma bannette. Fatia me dit qu'elle n'a pas pu remettre l'enveloppe, que je devrais y aller moi-même. Je grince des dents, je soupire mais je me décide à y aller à la sortie du travail, en fin d'après-midi. Suivez-moi très bien !

Il fallait que ce soit moi qui y aille, car je devais rencontrer quelqu'un, une personne qui transportait en lui, des paroles prophétiques m'étant destinée. J'avais prié Dieu et sa réponse m'avait été envoyée mais je ne m'attendais pas à ce qu'elle me parvienne ainsi. Lorsque je suis arrivée sur le parking du centre commercial, impossible de descendre de ma voiture. Je suis comme scotchée dans le véhicule, je n'arrive pas à trouver la force d'aller remettre l'enveloppe. J'échange au téléphone par message avec ma voisine de bureau et lui explique la situation. Les minutes passent, je suis encore assise dans la voiture. Je demande à Dieu la force d'y aller et au bout d'un certain temps, la pression redescend. Je rentre dans le magasin qui se trouve à l'intérieur du centre commercial. Je ne reste pas longtemps, je discute rapidement avec la vice-présidente, puis je m'en vais. C'était encore difficile pour moi de faire face aux membres de l'association. En sortant du lieu, je rejoins ma voiture et j'entends une voix masculine : *Madame, madame, attendez, s'il vous plaît…*

Il me dit :

Daniel, ne crains rien ; car dès le premier jour où tu as eu à cœur de comprendre, et de t'humilier devant ton Dieu, tes paroles ont été entendues, et c'est à cause de tes paroles que je viens.

Daniel 10 : 12

J'aurais pu dire à ce monsieur que je n'ai pas le temps ou de me laisser tranquille, et partir ; mais j'ai décidé de m'arrêter, et de regarder cet homme courir vers moi. Il m'a dit : *On m'a envoyé pour vous parler*, alors j'ai écouté.

Tandis qu'il m'adressait ces paroles, je dirigeai mes regards vers la terre, et je gardai le silence.

Daniel 10 : 15

J'écoutais attentivement tout ce qu'il me disait, je n'en revenais pas car, chaque mot qui sortait de sa bouche reflétait un aspect de ma vie. J'avais l'impression qu'il avait su lire en moi sans me connaître. Il me parlait de mes douleurs, de mes peines, de mes espoirs, pour conclure en disant : *Il ne t'a pas oublié, il a entendu toutes tes paroles, et il a vu tes larmes. Il agira dans ta vie très prochainement.*

Je ne savais pas quoi répondre, tellement le choc était grand. J'essayais au mieux de retenir mes larmes. Mais qui était cet homme ? Comment est-ce possible qu'il sache autant de choses sur ma vie alors que je ne le connais pas et que je ne lui ai jamais parlé auparavant ?

Il m'a remis un document, c'était un petit fascicule. Sur la première page se trouvait l'image d'une enveloppe, les anciennes enveloppes au contour rouge et bleu de mon enfance. Il y avait ses coordonnées au dos, et il me dit : *Je vous laisse ceci, mon numéro est au dos, si vous avez des questions, appelez-moi*, puis il est parti.

J'ai rejoint mon véhicule, assise dans le silence, je me posais des questions. À un moment, j'ai vu ce monsieur s'en aller, sortir du parking du centre commercial avec sa voiture blanche, je l'observais intriguée.

Je me suis empressée d'écrire un message à ma collègue de bureau pour lui expliquer cette expérience surprenante que je venais de vivre. La première chose qu'elle m'a demandée était si j'avais lu le contenu du fascicule. J'avais juste regardé la première page, et vu que ça parlait de Dieu, j'avais prévu de le lire dans la soirée tranquillement, une fois chez moi, alors je lui répondis que non. Elle m'a dit radicalement *Jette-le, ne le lis pas, ça doit être un charlatan d'une secte, surtout ne l'appelle pas.* Alors une fois rentrée à la maison, en descendant de ma voiture, j'ai jeté le fascicule dans la grande poubelle à l'extérieur.

Pourtant Dieu parle de différentes manières, mais personne n'y fait attention.

Job 33 : 14

Le lendemain, au travail, ma collègue de bureau arrive et ses premiers mots sont : *Julie, tu as le livret que le monsieur t'avait donné ?* Je lui répondis que non, que j'avais suivi son conseil. Elle me dit alors que, finalement, on aurait dû regarder tout de même. À la pause du midi, je suis rentrée chez moi déjeuner, mais les éboueurs étaient déjà passés dans la nuit, ils ont emporté les déchets, et le petit fascicule avec eux. Je n'ai alors jamais su ce que contenait ce fameux livret. À partir de là, j'ai prié dans mon cœur et j'ai dit ces paroles : *Seigneur, vraiment, si c'est toi qui as envoyé cet homme me parler pour me guider, que c'était ton messager, que je n'avais pas compris, je suis désolée. Si cela vient réellement de toi, tu enverras quelqu'un d'autre !*

Si nous analysons les paroles de ma collègue avec des yeux charnels, nous pouvons dire qu'au vu du contexte dans lequel nous vivons actuellement, c'est normal qu'elle ait eu peur, et qu'elle ait pensé au mal qui aurait pu se cacher derrière cette rencontre. Mais si nous regardons avec des yeux spirituels, nous pouvons voir que l'ennemi est simplement passé par elle, pour m'empêcher d'atteindre la véritable parole de Dieu au travers de ma rencontre avec cet homme. Restez avec moi, le meilleur est à venir.

Ce monsieur était la deuxième rencontre sur le chemin de l'appel de Dieu dans ma vie. Et sans m'en rendre compte, la première rencontre (ma collègue) avait fait avorter la mission de la deuxième rencontre, qui était une porte vers la réponse à ma prière pour trouver une église.

Peu de temps après ces évènements, ma collègue de bureau voit son contrat d'intérim non renouvelé. Je suis de nouveau seule dans le bureau partagé pendant quelques jours. Deux autres personnes ont été de passage mais n'ont pas été gardées. À ce moment est embauchée une autre personne, une dame beaucoup plus âgée que moi. Au début, c'était un peu froid entre elle et moi, je pense que nous nous observions. Puis au fil des jours, nous avons commencé à échanger. Elle me parlait d'elle, de sa fille, c'est ainsi que j'ai su qu'elle était chrétienne évangélique, et qu'elle chantait dans une chorale. Vous rappelez-vous que c'était mon rêve d'enfant de chanter dans une chorale ? Voici un sujet qui nous a rapprochées. Tout comme pour la première rencontre, je lui dis : *Ça tombe bien que tu crois en Dieu, car je me cherche en ce moment spirituellement, mais je suis un peu perdue, peut-être que tu pourrais m'éclairer ?* Elle accepta d'échanger sur le sujet de la foi chrétienne avec moi.

Un jour, bien installées derrière nos écrans de travail respectif, elle me parlait de prophéties, et des dons spirituels. Je me suis, à ce moment, souvenue de ma rencontre avec cet homme sur le parking du centre commercial quelques mois plus tôt. Avec l'objectif qu'elle m'aide à élucider ce mystère, je me suis mise à lui raconter cette rencontre. Je lui expliquais que j'étais très intriguée par le fait qu'il semblait connaître ma vie, alors que je ne l'avais jamais vu auparavant. Que c'était très bizarre qu'un étranger arrive à me dire exactement ce qui se passe dans ma vie, et que je n'avais jamais vécu une telle expérience auparavant. Elle me posa des questions : *Comment était-il physiquement ?*

Dans mes souvenirs, l'image de cet homme est toujours très nette et ce, jusqu'à aujourd'hui. Je lui décris l'homme en question, un personnage d'un certain âge, cheveux grisonnants, très grand, corpulence normale, clair de peau. Elle se mit à réfléchir, et me demanda si j'avais vu la voiture qu'il avait. Je décris alors le véhicule de ce monsieur. Couleur, marque, modèle… Je ne m'attendais vraiment pas à entendre les mots qui allaient sortir de sa bouche. Elle me dit : *Tu sais quoi ? Je le connais, c'est un pasteur de mon assemblée.* J'ai bondi de ma chaise, tellement j'étais surprise. C'était la confirmation que cet homme était bien un envoyé de Dieu, et que oui ! Dieu répond à nos prières, mais surtout qu'il m'avait ouvert un chemin vers l'église. Elle a pu l'identifier car elle savait, qu'il travaillait au premier étage du centre commercial.

J'étais dans un état indescriptible car, je souhaitais lui parler, je voulais qu'il m'explique comment il avait su pour ma vie, est-ce que Dieu pouvait me parler encore au travers de lui. Je voulais davantage connaître ce Dieu avec qui je parlais dans ma chambre, je voulais être enseignée sur sa parole, j'étais remplie de questionnement et j'avais besoin de réponses. Je dis à ma nouvelle collègue qui était la troisième rencontre sur le chemin de ma conversion, qu'elle devait demander à ce monsieur de me recevoir, que je devais lui parler. Elle accepta et devait me faire un retour.

Les jours, les semaines passaient, et rien. Je la relançais, car peut-être ne prenait-elle pas au sérieux ma demande. Finalement, deux mois plus tard, elle me dit que le pasteur en question avait quitté l'église, mais qu'il y avait d'autres pasteurs, et qu'elle en connaissait une qui pourrait me recevoir et répondre à mes questions. Je me demandais si je devais la rencontrer mais au point où j'en étais, je lui ai dit oui.

Par la suite, j'ai su que ce pasteur, que j'avais rencontré sur le parking du centre commercial, avait eu pour moi ce que l'on appelle des « paroles de connaissances ». C'est l'un des dons spirituels[12] accordés par l'Esprit de Dieu. *Prophétie* et *Paroles de connaissance* sont deux dons bien distincts.

La prophétie a pour but d'édifier, de fortifier dans la foi, d'exhorter c'est-à-dire d'encourager, de motiver, de consoler,

---

[12] Voir page 139, *Les différents dons de l'esprit.*

d'apaiser les cœurs. 1 Corinthiens 14 : 3 dit : « Celui qui prophétise [...] parle aux hommes, les édifie, les exhorte, les console ». Il peut arriver que la prophétie contienne toutefois des révélations sur des faits concernant une personne, une situation, un contexte, ou encore sur des évènements passés, présents ou futurs.

La parole de connaissance ne doit pas être confondue avec la connaissance acquise par l'étude. C'est un don d'origine surnaturelle qui permet d'avoir une révélation sur des faits, des évènements ou des situations de façon précise, qu'ils soient liés au passé, au présent ou au futur. Sa particularité est d'apporter une précision infaillible et juste sur une situation, une personne, ou un contexte.

La prophétie même si son but est d'édifier, d'exhorter, de consoler les cœurs, peut également contenir d'autres révélations comme les paroles de connaissances et/ou de sagesses. Ces dons fonctionnent ensemble.

Or, à chacun la manifestation de l'Esprit est donnée pour l'utilité commune. En effet, à l'un est donnée par l'Esprit une parole de sagesse ; à un autre, une parole de connaissance, selon le même Esprit ; à un autre, la foi, par le même Esprit ; à un autre, le don des guérisons, par le même Esprit ; à un autre, le don d'opérer des miracles ; à un autre, la prophétie ; à un autre, le discernement des esprits ; à un autre, la diversité des langues ; à un autre, l'interprétation des langues. Un seul et même Esprit opère toutes ces choses, les distribuant à chacun en particulier comme il veut.

1 Corinthiens 12 : 7-11

Oui, Dieu parle mes bien-aimés, il peut parler par :
- les saintes Écritures,
- les circonstances que l'on traverse,
- par la bouche de quelqu'un,
- les rêves,
- les visions,
- par notre témoin intérieur (la douce voix du Saint-Esprit),
Et de bien d'autres manières encore…

VI
L'espoir menant à la conversion

Début février 2017, je me rends à l'église pour mon premier rendez-vous avec le pasteur. J'étais étonnée de savoir qu'une femme pouvait être ordonnée pasteur !

Je suis arrivée avec mon petit carnet et toutes mes questions écrites... Je voulais absolument avoir des réponses aux nombreuses questions que je me posais sur la foi chrétienne. Nous avons fait connaissance, parlé de moi, de comment je suis arrivée à vouloir rencontrer un serviteur de Dieu, ma relation avec le Seigneur, etc. Cette rencontre m'a fait énormément de bien, et le suivi pastoral m'a permis de comprendre et de faire la lumière sur des raisonnements que j'avais selon les principes du monde et qui m'autodétruisaient.

Je suis arrivée avec au creux de mes mains, mon cœur en mille morceaux, détruit par les nombreux combats que j'ai eu à confronter depuis ma naissance, détruit par toutes les blessures émotionnelles subites, que ce soit en amitié, en famille, en amour. Je ne me trouvais plus belle, car je n'avais plus d'estime pour moi-même. Je n'avais pas de personnalité, je cherchais toujours à voir si j'avais de la valeur, dans le regard des autres, pour avoir une lumière de bonheur. Mais ! Ce jour-là, le Seigneur est passé au travers du pasteur pour me parler, et me dire que j'étais une belle créature, car j'ai été créée à son image.

Dieu dit :
Faisons les êtres humains à notre image, et qu'ils nous ressemblent vraiment !

Genèse 1:26

Certaines personnes négligent le fait d'avoir un suivi, parce qu'elles ne sont pas prêtes à entendre la vérité sur leur nature pécheresse. Chercher Dieu est une bonne chose, accepter d'entendre et d'écouter ce qui doit être changé dans notre vie pour plaire à Dieu, et aller de l'avant avec le Seigneur est une autre chose, qui demande de savoir se remettre en question et laisser le Saint-Esprit nous transformer.

Je ne savais pas comment lire la Bible, je ne comprenais pas les histoires qui s'y trouvaient, je ne savais pas par où commencer, j'avais besoin d'être guidée sur ce nouveau chemin qui s'ouvrait devant moi, et c'est avec l'aide du pasteur que j'ai pu avancer petit à petit sur la voie, tel un petit enfant qui apprend à marcher, et qu'il faut soutenir jusqu'à ce qu'il puisse se débrouiller seul.

Le dimanche qui suit notre entretien, pour la première fois, j'assistais au culte. Je suis arrivée intimidée avec la boule au ventre me demandant, comment les gens qui ont l'habitude d'aller dans cette église vont me regarder ? Où vais-je m'asseoir ? Comment dois-je me comporter ? Est-ce que je vais m'endormir ? Car dans mon enfance, les églises où je me rendais avaient un effet soporifique sur moi. Ainsi, j'avais peur que cela se reproduise encore. J'étais dehors sur le parking quand une dame d'un certain âge sort de sa voiture. Je me dirige vers elle pour savoir si je peux entrer en même temps qu'elle car c'était ma première fois dans ce lieu. Elle me dit oui, avec un grand sourire. (Merci Patricia D.)

Je pénètre dans l'église, accueillie à la porte par une hôtesse souriante. La dame que j'ai rencontrée sur le parking m'a invitée à m'asseoir à côté d'elle, sur la droite de la salle vers l'avant. J'observais l'endroit, quand je me suis souvenue que dans le passé, ce même lieu où je suis venue pour écouter la parole de Dieu, était un ancien dancing[13]. Avec des amies du lycée, nous étions venues dans une soirée mousse, c'était la seule fois où j'étais venue ici. Si à cette époque, on m'avait dit que ce lieu deviendrait une église où j'irais, j'aurais sûrement éclaté de rire. Mais pourtant, je le vivais à l'instant même. C'était une église d'environ deux cents personnes, avec une estrade et une chorale. Souvenez-vous, c'était mon rêve d'enfant de faire partie d'une chorale ! J'étais donc émerveillée d'être là !

Le culte a commencé par la louange, puis l'adoration. Chaque chant me transperçait le cœur, au point de ne pouvoir contenir mes larmes. J'avais honte de pleurer devant les gens présents, mais pleurer est signe que le Saint-Esprit était présent dans ce lieu et qu'il touchait mon cœur, j'étais bouleversée. Alors que j'écris ces lignes, mes larmes de reconnaissance envers mon Dieu coulent car, je sais comment il a travaillé mon cœur afin de recoller les morceaux éparpillés. Il y a une

---

[13] Établissement public, discothèque, salle où l'on danse.

puissance dans la louange et l'adoration qu'il ne faut pas négliger. La louange est l'un des moyens que Dieu a mis à notre disposition pour nous apporter la guérison intérieure et l'adorer lui seul.

J'aime ce passage lu sur un article qui dit ceci :

Alors que nos blessures intérieures nous obligent à regarder vers nous, à fixer notre attention sur nos drames, la louange nous conduit à regarder vers Dieu. La louange nous permet de détacher nos yeux de nos problèmes pour regarder à Dieu. La louange nous conduit à le remercier pour ce qu'il est, pour ses bontés, pour sa fidélité, pour son amour. En nous souvenant de ses promesses, et en le louant pour les grâces du passé, nous lui exprimons notre reconnaissance[14].

En cherchant Dieu, j'oubliais petit à petit mes douleurs et mes peines car j'étais captivée par ma soif de connaître et comprendre les « choses d'en haut ». Le vide que je ressentais en moi, commençait à se remplir doucement, et même si je pleurais encore dimanche après dimanche, je reprenais espoir en la vie. À force, je venais avec mon propre paquet de mouchoirs, car je savais que ma guérison intérieure nécessitait que je laisse couler ses nombreuses larmes, car je déchargeais mes souffrances.

Le SEIGNEUR est proche de ceux qui ont le cœur brisé, il sauve les gens découragés.

Psaumes 34 : 19

---

[14] Site internet TopChrétien, La Pensée du Jour : « *La puissance de la louange, face à nos blessures* » de Paul Calzada.

Aujourd'hui, encore, le Seigneur frappe à la porte du cœur de beaucoup de personnes. Elles en ont conscience mais ont peur de le lui ouvrir (d'autres lui ouvrent la porte mais n'arrivent pas à se détacher de leur ancienne vie ou de leur péché). Je voudrais t'encourager toi, qui es dans cette situation, à reconnaître tes faiblesses devant le Seigneur, et à solliciter son aide. Dis-lui simplement :

— *Seigneur, je te reconnais comme mon sauveur, je désire suivre tes voies, mais je n'y arrive pas parce que...* (Énumère ce qui te bloque), *s'il te plaît, aide-moi. Donne-moi un cœur qui t'honore, renouvelle en moi un esprit bien disposé, Amen.*

Détourne ton visage de mes péchés, efface toutes mes fautes. Ô Dieu, crée en moi un cœur pur, mets en moi un esprit nouveau, vraiment attaché à toi.

Psaumes 51 : 11-12

Il n'y a pas de situations trop difficiles ou compliquées que le Seigneur ne puisse décanter. La parole de Dieu nous rappelle que ce ne sera pas par nos propres forces que nous y arriverons, mais par la puissance de son esprit. Et peu importe nos fautes, il est juste et bon pour nous les pardonner. Dieu peut nous racheter de notre passé difficile, de nos origines familiales éloignées de Dieu, de nos erreurs passées pour peu que nous lui fassions confiance et que nous renoncions à notre ancienne situation. Nous naissons avec une nature humaine pécheresse, et cela remonte à l'époque du péché originel que vous pourrez lire dans le livre de la Genèse qui se trouve dans la parole de Dieu (Bible). Et c'est en se donnant au Seigneur que nous sommes rachetés, lavés de nos iniquités.

Ce n'est ni par la puissance ni par la force, mais c'est par mon esprit, dit l'Éternel des armées.

Zacharie 4 : 6

Si nous sommes rachetés, cela signifie que notre condition antérieure était celle d'un esclave. Nous étions esclaves du péché, condamnés à être éternellement séparés de Dieu. Jésus a payé le prix pour notre rachat, il nous a délivrés du péché et nous a sauvés. Il est mort sur la croix, à Golgotha, en échange de notre vie. Quand on a conscience d'un tel sacrifice, comment ne pas lui rendre grâce ?

Au fil du temps, mon pasteur me parlait de baptême d'eau par immersion. Je ne connaissais que celui par aspersion, que nos parents non convertis nous donnent quand nous sommes encore bébé. Il consiste à être totalement recouvert par l'eau pendant le baptême, d'où le terme immersion. Le nouveau disciple montre ainsi qu'il désire faire mourir son ancienne nature, pour vivre une nouvelle vie, en Christ. C'est une décision prise de façon consciente par celui qui reçoit le baptême. Pour moi, c'était un réel engagement devant Dieu. Cependant, j'hésitais à le faire car ça ne faisait que quelques mois que j'allais à l'église. Puis un jour, une sœur de l'église que je ne connaissais pas, m'approcha à la fin du culte et me demanda : *Ma sœur, tu es baptisée ?* Je lui répondis que non. Elle continua en disant : *Ne tarde pas car c'est bientôt l'heure.* Ah, mais bientôt l'heure de quoi ? Je connaissais l'importance des signes après mes expériences de ce genre avec le Seigneur, j'ai donc décidé de ne pas négliger cette parole, mais plutôt de prier dans ce sens. Quelque temps plus tard, la même sœur, assise sur la même rangée que moi, me tend un bout de papier sur lequel il était écrit : *Ta place est la louange, mais avant, tu dois être baptisée.* Je n'ai rien dit, et réfléchissais intérieurement.

Est-ce que mon amour pour le chant était lié à ce que Dieu m'appelait à faire pour lui ? Est-ce qu'un jour, j'allais pouvoir intégrer la chorale de l'église ? Est-ce que me faire baptiser changerait vraiment quelque chose à ma vie ? Autant de questions qui se bousculaient dans mon esprit mais qui n'avaient pas de réponses. Nous ne savons pas à l'avance ce que le Seigneur nous réserve, mais il nous demande de lui faire confiance et d'avancer dans l'obéissance et dans la foi en lui.

Le huit juillet de la même année, soit cinq mois après mon arrivée à l'église, je donnais officiellement ma vie à Dieu en passant par les eaux du baptême. J'avais ce désir de lui plaire car il m'avait redonné goût à la vie, espoir en un lendemain meilleur. Je savais qu'il était capable de redonner vie aux ossements desséchés qui m'environnaient. Après être sortie de l'eau, il y eut la prière pour tous les nouveaux disciples, et j'ai été saisie par l'esprit de Dieu. Je me suis laissé faire, car je ne voulais plus vivre ma vie d'avant ! Je souhaitais embrasser cette vie future remplie de promesses divines !

Dans ma famille, mon père ne prenait pas ma décision au sérieux, ma mère si. Mon frère, lui, n'avait pas d'opinion, tant que j'étais heureuse, il était content pour moi. Dès ce jour, je suis devenue encore plus drastique sur ma vie. J'avais décidé de changer et je mettais tout en œuvre pour y arriver. Avant d'arriver à l'église, le mois précédent, j'avais déménagé dans mon premier logement, indépendance dans tous les sens du terme. Ce fut l'occasion de me rapprocher de Dieu davantage, et d'expérimenter sa présence dans le silence.

Un jour, songeant à cette période où l'ennemi m'avait soufflé à l'oreille qu'ayant perdu toutes mes économies, mes rêves ne verraient jamais le jour ; qu'en amour, je me serai toujours fait manipuler et que ce serait toujours ainsi, que je n'aurais jamais de vie de couple ou des enfants ; que les amies en qui j'avais confiance m'avaient toujours trahie car j'étais trop gentille et naïve ; j'écrivis ce chant au Dieu de mon salut, qui m'a redonné espoir :

Le jour se lève, je n'avais plus d'espoir,
La nuit se relève, je marchais dans le noir,
Ma vie était attristée, fatiguée,
Ma vie était chamboulée, déprimée,
Je lève les mains vers le ciel et loue pour toi, Car tu m'as…

Car tu m'as sortie, de tous mes soucis
Oui tu es, le Seigneur, que je sers, pour la vie, Oh oui
Car tu m'as sortie, de tous mes soucis
Oui tu es, le Seigneur, que je sers, pour la vie, Élohim

Ne crois pas en un ami,
Ne te fie pas en un intime,
Devant ceux qui reposent sur ton sein,
Garde les portes de ta bouche.

Moi, je regarderais à l'Éternel,
Je me confierai, dans le Dieu de mon salut.
Car si je suis tombée, je me relèverai

Car tu m'as sortie, de tous mes soucis
Oui tu es, le Seigneur, que je sers, pour la vie, Oh oui
Car tu m'as sortie, de tous mes soucis
Oui tu es, le Seigneur, que je sers, pour la vie, Élohim

Ne croyez pas ceux qui sont proches de vous, ne faites pas confiance à vos amis. Attention ! N'ouvrez pas la bouche...

Michée 7:5

Mais moi, je me tourne vers le SEIGNEUR, j'attends Dieu qui va me sauver. Lui, mon Dieu, m'écoutera.

Michée 7:7

Ce chant est l'hymne de la victoire de Dieu dans ma vie sur l'esprit de mort. Quand je traverse des moments difficiles, il me rappelle où je viens et que les bontés de Dieu ne sont pas épuisées. Alors que je continuais de marcher avec le Seigneur après mon baptême, voici que je commençais à vivre des rêves que j'avais enfant, à l'âge adulte. De belles opportunités se sont ouvertes à moi. Seigneur, tu avais donc entendu les désirs de mon cœur...

Avant de te former dans le ventre de ta mère, je te connaissais. Avant ta naissance, je t'ai choisi pour me servir.

Jérémie 1 : 5

Ce verset prend tout son sens dans ma vie. Je disais : « *Mais pourquoi maintenant et pas avant ?* » Le temps de Dieu n'est pas le temps de l'homme, c'est ainsi. Tout ce que nous vivons et traversons fait partie de notre histoire, et nous devons en tirer des leçons.

J'étais si reconnaissante envers mon Dieu pour ce que je m'apprêtais à vivre. Je n'avais pas de mots assez grands pour lui dire merci, mais ce n'était que le début d'une longue suite d'évènements plus forts les uns que les autres. Tu te demandes sûrement ce qui s'est passé par la suite ? Alors, je t'invite à la découvrir dans le chapitre qui suit !

Deuxième partie
De la conversion au nouveau départ

VII
Nouvelle vie en Christ

Cela fait maintenant plus d'un an que j'ai donné ma vie au Seigneur. J'ai pris l'habitude de me rendre chaque dimanche au culte et de participer à tous les programmes spéciaux. Dieu a institué l'église locale[15] afin que nous ayons un foyer spirituel et la nourriture spirituelle nécessaire à notre croissance, c'est pourquoi devenir membre à part entière d'une église est important dans notre marche en tant que Chrétien. C'est ainsi que nous développons la constance, la fidélité, la stabilité envers les choses du Seigneur. On s'y retrouve pour louer Dieu, recevoir l'enseignement spirituel, fraterniser et servir Dieu.

Chaque jour, d'un seul cœur, ils se réunissent fidèlement dans le temple. Ils partagent le pain dans leurs maisons, ils mangent leur nourriture avec joie et avec un cœur simple. Ils chantent la louange de Dieu, et tout le peuple les aime. Et chaque jour, le Seigneur ajoute à leur communauté ceux qui sont sauvés.

Actes 2 : 46-47

---

[15] *Église locale* désigne une assemblée de croyants qui se réunissent régulièrement en un lieu déterminé.

J'avais vraiment cette soif d'apprendre et de grandir spirituellement, c'est pourquoi je participais tous les dimanches après-midi à la prière, au sein même de l'église. Je me nourrissais non pas seulement des prédications reçues à l'église, mais également par la lecture régulière de la Bible, la lecture de livres chrétiens sur les sujets qui m'intéressaient, je regardais des émissions sur la foi, je faisais des recherches et je notais mes études sur un cahier pour pouvoir les relire plus tard. En revanche, il faut faire très attention aux enseignements que l'on trouve sur internet, venant parfois de personnes qui n'ont pas été mandatées pour le faire. Le discernement est important. À la moindre interrogation, je posais des questions à mon pasteur et c'était toujours un plaisir pour elle de me répondre.

Le temps passait, j'observais et écoutais la chorale qui chantait. J'étais touchée par la louange et l'adoration. Secrètement, dans mon cœur je me disais : *Comme j'aimerais, moi aussi, chanter pour le Seigneur !* mais j'étais toujours très réservée, je n'étais pas encore guérie de mes blessures intérieures. J'avais du mal à aller vers les autres, on m'avait trop trahie par le passé, et faire confiance à nouveau était difficile. Il y avait une grande avancée oui, car je m'étais relevée de toutes les épreuves passées, mais il restait encore beaucoup de travail à faire sur moi-même pour m'épanouir à nouveau.

Je continuais de m'asseoir sur le côté droit de l'Église. Ce petit coin était une certaine façon de me dire que je me faisais petite et discrète, que personne ne ferait attention à moi. Mais de fil en aiguille, j'ai commencé à ressentir dans mon cœur le désir de faire plus que venir assister au culte. J'avais ce désir de mettre ma pierre à l'édifice, de m'investir aussi. Avant d'arriver à Christ, j'avais participé, à ma façon, à beaucoup d'activités d'ordre culturel. Cet aspect de ma personnalité n'avait pas disparu, mon mode de vie ayant changé, je devais maintenant l'adapter à mon nouvel environnement, mais j'attendais qu'une occasion se présente.

a. Le service à l'église

Nous avons tous reçu des dons particuliers qui peuvent servir à l'église, on peut servir Dieu en tout et partout. Ce que je savais faire de mieux était de chanter, et d'organiser alors je me demandais comment je pouvais servir Dieu dans l'assemblée des saints avec ses aptitudes, et une occasion s'est présentée. Un dimanche matin, il y eut un appel lors des annonces, pour le groupe des femmes de l'église, pour toutes celles qui étaient désireuses de servir Dieu dans leur temps libre. Cela ne demandait pas d'être disponible chaque semaine, mais uniquement quand le groupe devait intervenir ou faire une activité. Et… Je n'ai pas hésité ! Oui ! Je me suis rapprochée du pasteur responsable du groupe à ce moment, pour pouvoir m'y inscrire. C'était pour moi une première approche dans le service.

Vous, frères et sœurs, vous avez été appelés à la liberté, mais cette liberté ne doit pas être une excuse pour vos désirs mauvais ! Au contraire, mettez-vous au service les uns des autres avec amour.

Galates 5 : 13

Mais qu'est-ce que le service en lui-même dans l'église ? Le service est une tâche que l'on accomplit. Selon le dictionnaire, « servir » c'est : *donner, apporter ce que quelqu'un demande, être utile à quelqu'un ou à quelque chose, être au service de quelqu'un.*

La Bible dit que chaque chrétien a reçu au moins un don et/ou un talent pour servir le corps de Christ. Chacun est appelé à mettre au service de tous, le don qu'il a reçu par la grâce de Dieu et pour la gloire de Dieu. Servir Dieu et servir les gens autour de nous fait partie de la vie du disciple. Pour déterminer comment être un bon serviteur, il est primordial de connaître nos potentiels. Et bien souvent, nous les découvrons en servant. Le service est un acte d'amour, servir selon Dieu ne peut se faire sans aimer les personnes que nous servons. C'est un acte volontaire pour la bonne organisation de l'église. Découvrir nos dons et talents peuvent être difficile, mais en attendant, il vaut mieux commencer par servir d'une manière quelconque.

Tout ce que ta main trouve à faire avec ta force, fais-le ; car il n'y a ni œuvre, ni pensée, ni science, ni sagesse, dans le séjour des morts, où tu vas.

Ecclésiaste 9 : 10

Il existe bon nombre de façons de servir à l'Église, qui sont utiles, par exemple le service d'accueil à l'entrée de l'église pour accueillir les personnes qui arrivent, et les aider à trouver une place, donner un coup de main à l'école du dimanche[16] auprès des enfants, apporter un soutien matériel physique ou financier pendant des évènements organisés par l'église, être membre du groupe qui visite les malades à l'hôpital, du groupe

---

[16] École du dimanche est une classe durant laquelle on enseigne aux jeunes la Bible.

d'intercession ou du groupe d'évangélisation, conduire le bus de l'église pour véhiculer les fidèles lors des cultes, faire partie de l'équipe de nettoyage pour veiller à la propreté des lieux, ou du service technique et multimédia pour les caméras, le son, les photos, lire les annonces durant le culte, chanter ou jouer d'un instrument au service de la louange et bien d'autres encore. Servir dans l'église locale est un privilège, alors servons Dieu et son assemblée avec un esprit d'humilité et d'amour fraternel.

Comme de bons dispensateurs des diverses grâces de Dieu, que chacun de vous mette au service des autres le don qu'il a reçu.

1 Pierre 4 : 10

Les services les plus utiles ne sont pas forcément les plus impressionnants. L'ambition de servir de la façon la plus simple est louable. Il est important d'apporter son aide dans tout domaine où un besoin existe, en faisant preuve de zèle et de persévérance. Lorsque nous servons dans l'église, nous devons nous conformer à la parole, à la volonté et à la loi de Dieu. Nous ne pouvons rien accomplir si nous ne sommes pas assistés, guidés et dirigés par le Seigneur. Cependant, il y a toujours trop peu d'ouvriers pour répondre à tous les besoins.

Pourtant, il ne faut pas oublier que c'est Dieu qui exerce sa souveraineté dans le choix de ses serviteurs. Il prend les hommes qu'il veut, il leur adresse son appel, il les qualifie pour le service auquel il les destine. Il dirige lui-même les choses en vue de leur formation pour son service. Enfin, il les envoie et il les établit dans leur fonction pour qu'ils accomplissent les tâches qui leur seront confiées pour le bien de l'église, et ceci sous l'autorité d'un ministère ou d'un leader, qui sont des conducteurs spirituels.

b. Les ministères dons

Et il a donné les uns comme apôtres, les autres comme prophètes, les autres comme évangélistes, les autres comme pasteurs et docteurs, pour le perfectionnement des saints en vue de l'œuvre du ministère et de l'édification du corps de Christ.

Éphésiens 4 : 11-12

Dans la Bible, le mot ministère signifie service, mais ici il s'agit d'un ministère particulier. Beaucoup de personnes pensent que pour être un bon serviteur à l'Église, il faut être pasteur ou prophète ou autres, et négligent les autres services que j'ai énumérés plus haut. Il faut savoir qu'un ministre de Dieu est une personne appelée par Dieu pour Son œuvre. On ne choisit pas un beau matin, de devenir pasteur ou de porter un titre de leader pour se sentir exister, épanoui et valoriser, l'objectif premier est de faire évoluer l'église.

Le rôle des leaders est de rendre les chrétiens aptes au service, à travers la formation, la préparation, et en les intégrant dans le service qui leur correspond. Les ministères sont donnés par Dieu pour l'édification du corps de Christ. Retenons que :

• *L'apôtre* est un fondateur d'églises,
• *Le prophète* transmet la pensée de Dieu lorsque nécessaire,

- *L'évangéliste* annonce la Bonne Nouvelle du salut,
- *Le pasteur* prend soin des âmes, et enseigne la parole de Dieu,
- *Le docteur* est un enseignant.

Nous voyons là, que leur rôle est totalement différent du service d'accomplir une tâche, ils sont eux-mêmes, un don que Dieu nous a donné pour nous faire grandir dans la foi.

En conclusion, dans le service, il y a ceux qui mettent leurs dons et talents donnés par Dieu au service des autres, et ceux qui sont eux-mêmes, des instruments de Dieu pour s'occuper des âmes.

c. La louange

Le groupe des femmes était le département de l'Église où j'ai pu commencer à servir. Dans mes souvenirs, la première mission à laquelle j'ai participé avec elles était l'organisation de la décoration de l'Église pour la fête de fin d'année. Ce fut une belle décoration aux couleurs blanc, fuchsia et or. Chaque membre avait apporté leur petite pierre à l'édifice pour l'occasion, et j'ai pu faire des rencontres, m'ouvrir un peu plus aux autres. Le soir du 31 décembre, j'étais assise à une table avec deux amies que j'avais invitées. Les membres de la chorale étaient beaux dans leur tenue si élégante ! Je souriais en me disant dans mon cœur que peut-être un jour, j'aurais l'occasion de l'intégrer.

Quelque temps plus tard, notre groupe était invité à assurer la « louange » lors d'un culte. Vous n'imaginez pas l'immensité du bonheur qui a envahi mon cœur quand je l'ai su. Waouuuuuh !! J'allais chanter dans une chorale, un chœur de femmes. Je trépignais d'impatience d'être à la répétition, et je me posais plusieurs questions, dont celle-ci : *Qu'est-ce la louange concrètement ?* On m'avait expliqué qu'il y avait certaines règles à respecter, et une préparation spirituelle à avoir avant de venir chanter. Tout ceci était nouveau pour moi, je voulais mieux comprendre. Mais, j'avais bien compris qu'il était inconcevable de venir comme une fleur pour faire la louange. Non, il faut se préparer, et ceci dans la présence de Dieu, voyons un peu pourquoi.

Selon un texte du pasteur Creflo Dollar, *La louange bâtit notre foi, terrasse l'ennemi et élève Dieu. Nous pouvons aussi utiliser la louange pour passer du temps dans la présence de Dieu, ce qui est indispensable pour réussir sa vie. La louange et l'adoration sont des armes de première ligne dans la bataille. La louange nous permet aussi d'avoir plus conscience de la grâce de Dieu. Quand nous Le louons, nous Lui laissons la place pour faire ce que nous ne pouvons pas faire, et nous expérimentons ainsi la perfection de son œuvre dans nos vies.*

Je bénirai l'Éternel en tout temps ; Sa louange sera toujours dans ma bouche.

Psaumes 34 : 2

Nous pouvons constater que la louange est plus que l'action de chanter, nous pouvons dire que c'est un style de vie. Dans le cadre de l'Église, celui qui est au service de la louange doit prendre le temps de venir aux répétitions, de mener une vie de sanctification, de prière et de jeûne. Dans notre cas, l'intervention était exceptionnelle, mais nous nous devions de respecter ces règles avant tout, pour nous-mêmes et pour l'offrande que nous allions donner à Dieu. Le groupe musical conduit l'assemblée dans le temps de louange d'adoration, et prépare à entrer dans la présence de Dieu.

Pourtant tu es le Saint, Tu sièges au milieu des louanges d'Israël.

Psaumes 22 : 4

La louange c'est d'abord une attitude de cœur. C'est élever le nom de l'Éternel, l'exalter, le glorifier. Elle appelle et installe la présence du Roi car n'oublions pas que la parole nous dit que Dieu siège au milieu de la louange de son peuple. Et lorsque Dieu siège en majesté, il vient pour délivrer les captifs, briser les chaînes de limitation, guérir les malades, soigner les cœurs blessés et autres bénédictions !

La Bible nous relate plusieurs récits où la louange a fait ses preuves, mais je veux attirer votre attention sur l'histoire de Paul et Silas, battus et mis en prison de manière injuste. Passages que nous trouvons dans le livre des Actes, au chapitre 16, versets 23 à 26 :

*Après qu'on les eut chargés de coups, ils les jetèrent en prison, en recommandant au geôlier de les garder sûrement. Le geôlier, ayant reçu cet ordre, les jeta dans la prison intérieure, et leur mit les ceps aux pieds. Vers le milieu de la nuit, Paul et Silas priaient et **chantaient les louanges de Dieu**, et les prisonniers les entendaient. Tout à coup, il se fit un grand tremblement de terre, en sorte que les fondements de la prison furent ébranlés ; au même instant, toutes les portes s'ouvrirent, et les liens de tous les prisonniers furent rompus.*

Les maîtres de la diseuse de bonne aventure veulent faire périr Paul et Silas, et les confient aux magistrats afin de les faire condamner. Dans cette épreuve difficile, ils vont louer Dieu et celui-ci va changer cette souffrance en joie. Ils auraient pu s'apitoyer sur leur sort, se plaindre dans la prison, mais au lieu de cela, ils ont loué Dieu et ont proclamé leur victoire parce qu'ils ne se sont pas attardés à leurs circonstances du moment, mais ils ont placé leur confiance et leur secours en Dieu, qui fidèle à sa parole, les a libérés.

Dieu est là, même dans les pires souffrances, et par les chants de louange, Il nous sort de nos détresses ! Il peut même changer la situation en opportunité pour annoncer son Évangile ! Il va se servir de Paul et Silas pour parler de manière inattendue au geôlier qui sera prêt à accepter Jésus dans son cœur ainsi que toute sa famille.

Actes 16 versets 29 à 32 :
Alors le geôlier, ayant demandé de la lumière, entra précipitamment, et se jeta tout tremblant aux pieds de Paul et de Silas ; il les fit sortir, et dit : « Seigneurs, que faut-il que je fasse pour être sauvé ? » Paul et Silas répondirent : « Crois au Seigneur Jésus, et tu seras sauvé, toi et ta famille. » Et ils lui annoncèrent la parole du Seigneur, ainsi qu'à tous ceux qui étaient dans sa maison.

J'avais bien compris l'importance de la louange, j'étais prête à me plier aux règles. Après plusieurs répétitions, et un temps de jeûne à l'Église avec le groupe des Femmes, nous étions disposées pour le culte du dimanche, toutes habillées, dans les mêmes tons de couleurs prédéfinies à l'avance. La chorale est comme la vitrine de l'église quand on y rentre, nous sommes donc arrivées une heure avant le culte pour prier dans la salle afin de préparer l'atmosphère.

Par la suite, nous avons prié ensemble dans l'unité, là où nous allions nous placer pour chanter. Nous avons alors déposé nos cœurs devant le trône, dans la repentance, l'Action de grâce et l'humilité afin que le Saint-Esprit descende et prenne place. Rappelons-nous que l'orgueil sous toutes ses formes empêche la vie de Dieu de se déployer en nous. D'ailleurs, il est écrit que *Dieu résiste aux orgueilleux*. Je faisais partie des choristes du chœur des Femmes de l'Église pour cette occasion, et tout s'était très bien passé, ce jour-là.

Lui, Jésus, doit prendre de plus en plus de place, et moi de moins en moins. Celui qui vient d'en haut est au-dessus de tous...

Jean 3 : 30 - 31

Au fil du temps, pour une autre intervention du groupe des Femmes, j'ai été désignée pour être la voix lead du chœur. En gros, c'est être le chanteur principal. Quel privilège que le Seigneur m'offrait ! J'étais angoissée et remplie de peur, de me tenir debout sur l'estrade devant toute l'assemblée, un micro à la main pour chanter... Pourtant, c'était mon rêve d'enfant qui migrait de façon positive. C'est Dieu qui élève qui il veut, au temps qu'il veut, de la manière qu'il veut. Là où les hommes dans le monde m'ont rejeté, Dieu m'a donné une opportunité. Mais pas n'importe laquelle ! Cette opportunité était de voir et me rendre compte que ma voix n'était pas pour le monde, mais pour sa Gloire. C'est là que j'ai découvert le trésor qui se cachait en moi ! Je me suis redécouverte dans l'amour de Christ à travers la louange ! J'étais remplie de gratitude envers Dieu, et surtout remplie d'espoir de vivre mes rêves.

La clé de toute élévation se trouve dans l'abaissement. Ce sont ceux qui sont humbles et qui savent s'humilier sous la puissante main de Dieu qui sont la plupart du temps élevés pour accomplir d'autres œuvres en faveur du royaume de Dieu. Tant que nous ne diminuerons pas, il ne croîtra pas en nous. Et s'il ne croît pas en nous, les gens autour de nous, ne verront pas Christ mais « nous », « notre Moi ».

On n'expérimente pas la louange et l'adoration de la même façon quand on est au service et quand on se trouve dans la salle au milieu du peuple. Au service, tu es dans le cœur de la louange, les sensations, les émotions sont accentuées, comparées à ce que l'on peut ressentir en étant face au groupe à recevoir.

Les appelés aux services de la louange sont désignés sous le titre de « Chantre de l'Éternel », ils savent activer la présence manifeste de Dieu par leur vie de consécration, c'est un *ministère d'aide*. Le chantre de l'Éternel n'existe plus pour lui, mais pour faire resplendir la Gloire de Dieu à travers la musique. On ne s'improvise pas chantre de l'Éternel parce que l'on a une jolie voix, une très bonne technique vocale voire musicale, c'est un appel reçu de Dieu.

De plus, on ne peut conduire qui que ce soit dans un endroit où l'on ne va pas soi-même ; il faut vivre la louange et l'adoration pour pouvoir la transmettre avec le feu, et l'attitude principale de tout chantre doit être l'humilité, l'obéissance.

Sous le règne du roi David, quatre mille chantres, dirigés par des chefs et des Présidents, chantaient les louanges du Seigneur dans le Temple de Jérusalem. L'Éternel choisit la tribu de Lévi qu'il a mise à part, strictement dédiée à son service et du temple, ils avaient la responsabilité de chanter et jouer de la musique. La Bible nous donne des précisions à ce sujet, voici quelques passages :

1 Chroniques 9 : 33 : *Ce sont là, les chantres, chefs de famille des Lévites, demeurant dans les chambres, exempts des autres fonctions parce qu'ils étaient à l'œuvre jour et nuit.*

1 Chroniques 15 : 16 : *Et David dit aux chefs des Lévites de disposer leurs frères, les chantres avec des instruments de musique, des luths, des harpes et des cymbales, qu'ils devaient faire retentir de sons éclatants en signe de réjouissance.*

1 Chroniques 23 : 5, 6 : *(...) et quatre mille chargés de louer l'Éternel avec les instruments que j'ai faits pour le célébrer. David les divisa en classes d'après les fils de Lévi, Guerschon, Kehath et Merari.*

Nombres 8 : 23, 24 : *L'Éternel parla à Moïse, et dit : « Voici ce qui concerne les Lévites. » Depuis l'âge de vingt-cinq ans et au-dessus, tout Lévite entrera au service de la tente d'assignation pour y exercer une fonction.*

2 Chroniques 29 : 25-30 : *Il fit placer les Lévites dans la maison de l'Éternel avec des cymbales, des luths et des harpes, selon l'ordre de David, de Gad le voyant du roi, et de Nathan,*

le prophète ; car c'était un ordre de l'Éternel, transmis par ses prophètes (...).

2 Chroniques 31 : 2 : *Ézéchias rétablit les classes des sacrificateurs et des Lévites d'après leurs divisions, chacun selon ses fonctions, sacrificateurs et Lévites, pour les holocaustes et les sacrifices d'Actions, de grâces, pour le service, pour les chants et les louanges, aux portes du camp de l'Éternel.*

Esdras 3 : 10,11 : *Lorsque les ouvriers posèrent les fondements du temple de l'Éternel, on fit assister les sacrificateurs en costume, avec les trompettes, et les Lévites, fils d'Asaph, avec les cymbales, afin qu'ils célébrassent l'Éternel, d'après les ordonnances de David, roi d'Israël (...).*

Néhémie 12 : 27, 28, 45-47 : *Lors de la dédicace des murailles de Jérusalem, on appela les Lévites de tous les lieux qu'ils habitaient et on les fit venir à Jérusalem, afin de célébrer la dédicace et la fête par des louanges et par des chants, au son des cymbales, des luths et des harpes (...).*

Néhémie 11 : 22 : *Le chef des Lévites à Jérusalem était Uzzi, fils de Bani, fils de Haschabia, fils de Matthania, fils de Michée, d'entre les fils d'Asaph, les chantres chargés des offices de la maison de Dieu.*

Aujourd'hui, nous, chrétiens, sommes tous appelés à servir le Seigneur à l'image des Lévites.

Avec le temps, j'ai également pu intégrer la grande chorale gospel de l'Église, j'étais maintenant investie dans deux services. Grâce à cela, j'ai eu l'occasion de partir en conférence en Guadeloupe avec une équipe en mission, et de pouvoir chanter dans un autre cadre que mon assemblée. Sachez que la louange peut s'exprimer par différents biais tels que le chant, des cris de joie, frapper des mains, jouer d'un instrument, mais aussi par de la danse.

d. La danse

Mon premier voyage en mission m'a permis de découvrir la danse dans l'Église. C'était la première fois que j'assistais à ce type d'Évangélisation. J'observais avec attention, loin d'imaginer qu'encore une fois, le Seigneur allait me demander de sortir de ma zone de confort pour affronter mes peurs. C'était beau, j'en frissonnais, ce n'était pas juste une danse, elle racontait une histoire. Parfois, la danse est une expression de joie, une offrande de gratitude ou un abandon dans la présence de Dieu. Virginie Nfa[17] disait : *La danse, comme une expression d'adoration, n'est pas un divertissement, mais un canal de l'onction de Dieu pour agir et transporter la puissance de Dieu dans la vie de ceux qui en sont au bénéfice.*

Un temps pour pleurer, et un temps pour rire ; un temps pour se lamenter, et un temps pour danser.

Ecclésiaste 3 : 4

---

[17] Virginie Nfa : évangéliste, adoratrice, enseignante sur le ministère de la danse, fondatrice de l'école Destinée Dance School.

Dans la parole, souvent, on célébrait les victoires par des danses. C'est notamment le cas après la traversée de la mer Rouge par les Hébreux :

- *Miryam, la prophétesse, sœur d'Aaron, prit en main un tambourin et toutes les femmes la suivirent avec des tambourins, formant des chœurs de danse.* Exode 15 : 20.

Ou encore l'exemple du célèbre roi David :

- *David dansait en tournoyant de toutes ses forces devant Yahvé, il avait ceint un pagne de lin.* 2 Samuel 6 : 14.

- *David, revêtu d'un manteau de byssus, dansait en tournoyant ainsi que tous les lévites porteurs de l'arche, les chantres et Kenanya, l'officier chargé du transport. David était aussi couvert de l'éphod de lin.* 1 Ch. 15 : 27.

Le roi David donne à son peuple l'exemple d'une réjouissance par la danse. Il ne se restreint pas dans l'expression de sa louange dansée car il ne danse pas pour les hommes, mais bien pour Dieu. Aujourd'hui, la danse occupe d'ailleurs une place de choix dans la louange de certaines communautés. Notre corps appartient à Dieu et est le temple du Saint-Esprit, c'est pourquoi nous pouvons honorer Dieu par la danse.

Cependant, la Bible nous donne également des exemples où les danses ont été utilisées pour de mauvais buts tels que :

• Idolâtrer de faux dieux

Et, comme il approchait du camp, il vit le veau et les danses. La colère de Moïse s'enflamma ; il jeta de ses mains les tables, et les brisa au pied de la montagne. Exode 32 : 19

Moïse vit que le peuple était livré au désordre, et qu'Aaron l'avait laissé dans ce désordre, exposé à l'opprobre parmi ses ennemis. Exode 32 : 25

• La séduction

Or, lorsqu'on célébra l'anniversaire de la naissance d'Hérode, la fille d'Hérodias dansa au milieu des convives, et plut à Hérode, de sorte qu'il promit avec serment de lui donner ce qu'elle demanderait. Matthieu 14 : 6-7

Nous devons veiller à nos motivations. Pour qui je danse ? Pour plaire aux hommes ou pour glorifier l'unique vrai Dieu ? La danse ne peut pas et ne doit pas être une occasion de désordre et de distraction. C'est un canal de bénédiction merveilleux lorsqu'il est utilisé pour des motivations pures et sincères dans un désir de servir Dieu.

Quelques mois plus tard, je me suis rendue en conférence en Martinique mais en dehors des missions. J'étais heureuse car les premières années à l'Église, j'entendais beaucoup de personnes parler de ces conférences bibliques, et tout cela me donnait vraiment envie de m'y rendre aussi un jour, d'être enseignée en profondeur sur les choses de l'esprit. Et je peux vous assurer que j'ai été vraiment impactée et touchée par le feu du Saint-Esprit.

L'orateur principal prophétisait sur l'estrade, j'écoutais et recevais. Ce n'est pas parce que vous ne tombez pas au sol qu'une parole donnée par le serviteur de Dieu ne vous est pas destinée. Dans ce genre de moment, le Seigneur ne fait pas forcément dans le spectaculaire et selon moi, le plus important est de savoir entendre et recevoir, puis d'être attentif aux signes et enfin, d'être obéissant aux instructions reçues dans la prière. D'où l'importance d'une vie de communion avec le Seigneur afin de savoir entendre sa voix, et avoir du discernement car on ne le répétera jamais assez, ne négligez pas vos temps dans le lieu secret. C'est l'obéissance qui m'a ouvert des portes que, par moi-même, je n'aurais jamais eu l'idée ou même imaginé ouvrir un jour.

e. Le lieu secret

Dans le lieu secret, c'est là que tu peux te mettre à nu émotionnellement devant le Seigneur et relâcher tes fardeaux. Le lieu secret, c'est l'endroit où tu vas régulièrement pour faire une rencontre personnelle avec ton créateur dans la prière, c'est là où tu peux dire : *Oui, j'avais entendu parler de toi, mais maintenant mes yeux te voient.*

Mais quand tu pries, entre dans ta chambre, ferme ta porte, et prie ton Père qui est là dans le lieu secret ; et ton Père, qui voit dans le secret, te le rendra.

Matthieu 6 : 6

La Bible nous dit d'entrer dans notre chambre et de fermer la porte derrière nous quand nous voulons parler à notre Père céleste. La chambre, c'est la pièce la plus intime dans une maison. Cela dit, ce n'est pas forcément un lieu physique, mais c'est avant tout une disposition de cœur. La prière dans le lieu secret est un temps d'intimité et d'échanges avec le Seigneur où toute ton attention est fixée sur lui, loin des bruits extérieurs. Ne multiplie pas de vaines paroles mais pense ce que tu dis, en priant du plus profond de ton cœur. Apprends à prier dans le lieu secret.

J'avais pour habitude, et c'est toujours le cas aujourd'hui, de passer du temps avec le Seigneur dans mon lieu secret avant même d'être chrétienne, depuis ma dépression. Lors de mon voyage en Martinique pour la conférence qui avait pour thème « Le Saint-Esprit », je me suis réveillée un matin où j'avais prévu de sortir avec des amies, cependant, j'étais comme coincée dans ma chambre. Je ressentais qu'il ne fallait pas que je sorte tout de suite, mais que je prolonge ce temps d'intimité avec le Seigneur. Ce jour-là, j'ai choisi d'obéir et de dire à mes amies que je ne sortirais pas à l'heure prévue avec elles, qu'elles pouvaient y aller sans moi, et je me suis enfermée dans ma chambre, fermant la porte derrière moi.

Bien souvent, on passe à côté de la volonté de Dieu, parce que l'on n'a pas osé dire non à des amis, notre famille pour une sortie ou autre, alors que dans notre cœur, notre témoin intérieur nous fait clairement comprendre que non, là, maintenant, il faut prier ! Tout se passe dans le monde spirituel et pas physique. Il est important d'être à l'écoute du Saint-Esprit, et d'ailleurs, vous devez en priorité, plaire à Dieu et non à vos amis.

Je ne savais pas pourquoi je devais rester là, mais je suis restée, assise sur mon lit, puis j'ai eu envie de chanter, j'ai loué. Je suis allée sur internet et j'ai mis une vidéo d'une louange qui m'a particulièrement interpellée, c'était la première fois que je l'entendais, elle a sensiblement touché mon cœur. J'ai fermé les yeux et c'est là que quelque chose de merveilleux et d'inhabituel s'est produit... Je voyais des mouvements de danse. Soudain, je me suis souvenue des répétitions que j'avais eues à gérer avec la chorégraphe de mon ancienne association, de comment elle écrivait les chorégraphies et je me suis dépêchée de prendre une feuille, un stylo et j'ai remis la musique au début... J'ai commencé à noter ce que je voyais. Parfois, nos souffrances passées font partie de notre formation pour l'avenir avec le Seigneur, car toutes choses concourent au bien de ceux qui aiment Dieu et c'est ce qui s'est produit pour moi.

Je me suis vue chanter ce chant, avec deux personnes qui dansaient, et je me disais : *Mais Seigneur, ce n'est pas possible que je fasse cela, je ne connais pas de danseuse, et vu mes combats actuels, faire un solo chant va m'attirer les foudres encore plus ! Pourquoi tu me montres cela ?* Je n'étais pas d'accord, je disais à Dieu que j'étais désolée mais que c'était impossible ! J'en ai parlé à mon pasteur, qui contrairement à moi n'allait pas dans mon sens, mais approuvait cette vision du Seigneur et trouvait des réponses à chacune de mes excuses pour justifier mon refus. Elle me dit : *Tu as deux solutions, soit tu dis oui et il te montrera comment faire, car n'oublie pas que la parole nous dit que « Ce n'est ni par la puissance ni par la force, mais c'est par mon esprit, dit l'Éternel des armées », ou tu dis non et tu ne sauras jamais ce qu'il avait prévu pour toi !*
J'ai commencé à réfléchir, j'avais ce désir de plaire à Dieu car il m'avait sortie de loin, je connaissais la puissance de son amour et de sa fidélité, mais j'avais peur... Je me suis décidée à prendre le temps de la réflexion.

J'étais venue en conférence, j'avais été touchée les deux premiers jours, et quand le Seigneur a commencé à me parler immédiatement, j'ai buggé. Cette vision était une prophétie, mais allait-elle se réaliser ? Quelques mois auparavant, je découvrais la danse dans l'Église en Guadeloupe, et voici que je recevais une vision claire qui me remémorait mon désir d'enfant de devenir chanteuse, mêlée à de la danse... C'était un gros choc pour moi car je me cachais encore un peu, je n'avais pas repris confiance en moi malgré le fait que j'étais voix lead.

Il ne m'a pas fallu longtemps pour me décider à continuer de faire confiance au Dieu qui m'avait sortie du désespoir, par désir d'obéissance. Ainsi, c'est dans la prière que je lui ai dit oui, que j'acceptais la vision, mais que je ne savais pas comment la mettre en place, que c'était lui qui devait me guider. À partir de là, tout s'est accéléré.

L'Éternel m'adressa la parole, et il dit :
Écris la prophétie, grave-là sur des tables afin qu'on la lise couramment. Car c'est une prophétie dont le temps est déjà fixé, Elle marche vers son terme, et elle ne mentira pas ; Si elle tarde, attends-la, Car elle s'accomplira, elle s'accomplira certainement.

Habakuk 2 : 2-3

VIII
Expérimentation de l'obéissance

On nous dit souvent que lorsque l'on reçoit une prophétie, elle ne se réalise pas forcément dans l'immédiat, mais qu'il ne faut pas l'oublier. C'est pourquoi il est important de l'écrire. J'avais noté cette vision, et je m'attendais aux instructions du Seigneur dans un futur trèèèèèèès éloigné, mais j'étais loin d'imaginer que celles-ci soient si proches de se réaliser. J'étais partie pour dix jours en Martinique, et en préparant ma valise pour rentrer en Guyane, j'avais un sourire en coin car je rangeais deux choses que je n'avais pas prévu de ramener avec moi en fin de séjour. Une robe resplendissante et des escarpins que mes deux amies m'avaient trouvés lors du séjour, pour la réalisation de cette vision.

a. Sortir de l'ombre par obéissance

À partir du moment où j'ai prononcé ces paroles : *Ok Seigneur, j'accepte !* En l'espace de deux mois et demi, il m'a permis de déterminer le jour (31 décembre 2018), de trouver les accessoires et les danseuses afin que je puisse réaliser cette vision. Le message pour l'année 2019 associé à la vision était : *Aimez, selon le cœur de Dieu.* Cette vision n'était pas pour me glorifier personnellement, mais pour faire passer un message à son peuple à travers le chant et la danse ; les deux combinés forment un duo prophétique gagnant. Quand on comprend que le Seigneur cherche juste une personne qui accepte d'être son instrument pour sa gloire, face aux regards inquisiteurs, on oublie ses peurs, car ce n'est pas pour nous que nous le faisons ; toutes mauvaises paroles dirigées vers nous par les haineux sont comme dirigées vers Dieu lui-même, et c'est lui qui se chargera de la rétribution des méchants. Dans tous les cas, si j'avais dit non, il aurait trouvé une autre occasion ou une autre personne disposée pour le faire.

Sachez que lorsque le Seigneur vous choisit pour une mission, c'est qu'il a déjà déposé en vous ce qu'il faut pour le faire. Il nous a donné des rêves, des projets qu'il souhaite que l'on accomplisse pour sa gloire et l'avancement de son royaume. Ses projets peuvent nous faire peur par leurs grandeurs, surtout quand on est comme je l'étais, une personne effacée à cause des blessures passées. Cela demande parfois une version de nous, que nous ne connaissons pas encore, qui sème le doute en nous. Mais soyez sûrs que c'est Dieu qui qualifie ceux qu'il appelle, et donne la force pour l'accomplissement de sa volonté parfaite.

Après plusieurs répétitions, et des temps de jeûne, le 31 décembre de la même année, je me suis retrouvée pour la première fois de ma vie seule sur une scène pour chanter. J'étais sur l'estrade de l'église, et mes deux sœurs en christ qui ont bien voulu répondre favorablement à ma demande pour la danse étaient devant l'estrade vêtues de splendides robes couleur or, qu'elles avaient soigneusement choisies pour l'évènement.

Éventails à voiles, ailes lumineuses, un cœur disposé pour le service, tout était réuni pour que le Roi de gloire puisse faire son entrée. Ce soir-là, Dieu s'est glorifié avec une puissance phénoménale. Beaucoup de témoignages positifs, poignants de personnes touchées par le message, sont ressortis, c'est pourquoi j'aimerais vous encourager à travers ce témoignage :

N'aie pas peur d'obéir à l'instruction que tu reçois du Seigneur, car certainement, il y aura même une unique personne qui sera en capacité de recevoir le message à travers ce qu'Il te demande de faire.

Étant qu'un instrument entre les mains de Dieu, il est très important de lui rendre toute la gloire. L'orgueil précède la chute, ne l'oublions pas.

b. Exploiter le talent qui éclot

J'étais heureuse de cette nouvelle expérience, et pour moi elle devait juste s'arrêter là. Mais tout le monde ne partageait pas mon avis. Un feu s'était allumé et je découvrais un nouveau potentiel enfoui que le Seigneur mettait sous mes yeux, et bien que j'ai essayé de l'étouffer, il n'a fait que s'embraser à la suite, par ma grande surprise. Je ne voulais pas avoir de groupe de danse car cela me ramenait à mon expérience associative. Mais c'est justement à travers ce groupe, qui s'est formé seul, que j'ai pu combattre mes anciens démons et faire face à mes vieilles blessures. Quand nous demandons à Dieu de l'argent, il nous donne un travail qui va nous permettre d'obtenir cet argent. Moi, je lui demandais la guérison de mon cœur, alors il m'a mis dans une position où, autour de moi, je recevais beaucoup d'amour de celles qui sont devenues au fil du temps « Mes filles, mes lucioles ».

Elles étaient deux au départ, les deux sœurs de l'église qui avaient accepté de danser pour la vision du Seigneur. Puis une jeune demoiselle a demandé à les rejoindre alors que je n'avais pas prévu de poursuivre sur ce champ. Je demandais au Seigneur si c'était un signe que nous devions envisager de poursuivre ce que nous avions commencé, je dis nous car ce n'était pas juste moi, nous formions une équipe. Ce trio s'est transformé en un groupe de huit. En voyant son évolution, nous devions avoir une couverture spirituelle, il n'était pas question que nous soyons comme des électrons libres au sein de l'église. Dans la même période, une section danse s'est créée au sein du groupe des femmes, ce qui nous a permis de nous y rattacher. Dès lors, nous sommes devenues les danseuses du groupe des femmes de l'église.

c. La danse prophétique, qu'est-ce que c'est ?

Bannières, éventails à voiles, rubans larges ou fins, ailes d'ange opaques ou lumineuses, passionnée par cette nouvelle activité, je m'y suis tout compte fait investie pleinement en fournissant également les accessoires nécessaires. Pour me perfectionner, je me suis particulièrement intéressée à la danse dite « prophétique », vidéos d'enseignement théorique et pratique, visionnage de séminaire, je devais me nourrir de cette nouvelle passion pour ensuite, la partager.

La danse prophétique est une danse permettant une communication avec Dieu. On l'utilise au service du Seigneur pour le corps de Christ. Chaque mouvement est inspiré par le Saint-Esprit, et à ce moment précis, le danseur devient un instrument par lequel le Seigneur passe pour agir. En effet, c'est une adoration par laquelle à travers le danseur, il transmet des messages, guérit, délivre et libère les captifs.

Au-delà du côté ludique, il y a la partie spirituelle qui était beaucoup plus profonde. C'est cet aspect que j'ai mis en avant lors des répétitions. Atteindre la dimension de l'esprit, de l'âme et du corps ! Ce n'est pas évident, au début, avec des adolescentes car elles n'avaient pas encore la profondeur dans le domaine spirituel, mais le Saint-Esprit était à l'œuvre. Nous avons pu le voir à plusieurs reprises. Les cœurs se sont ouverts pour laisser couler des larmes qui disaient à Dieu : *J'ai tant besoin de toi*, de venir les secourir.

Chaque mouvement de danse, était un temps d'intimité avec le Seigneur, un cœur à cœur où par notre flow, nous voulions qu'il vienne prendre place, et c'est ce qui a marqué notre différence ! Nous avions un pasteur qui veillait sur nous, avec qui nous passions des temps dans la prière durant certaines rencontres. Rencontres qui d'ailleurs ont permis de créer de l'unité dans le groupe, et de vivre des instants d'amour et de réconfort durant ce que nous appelions : *Câlin général*. Cela consistait à former un cercle resserré en étant enlacé autour de celle qui en avait besoin.

Ayant purifié vos âmes en obéissant à la vérité pour avoir un amour fraternel sincère, aimez-vous ardemment les uns les autres, de tout votre cœur.

1 Pierre 1 : 22

d. Guérison découlant de l'obéissance

Il y a un mot que j'aime par-dessus tout pour parler de mon amour envers Dieu qui est « OBEISSANCE ». C'est une des clés qui m'a permis de grandir. En obéissant aux instructions du Seigneur, la louange et la danse m'ont aidée à entrer dans l'étape de guérison qui parfois peut être très longue selon l'individu. On ne guérit pas d'un coup, c'est un processus minutieux que le Saint-Esprit entreprend main dans la main avec nous dans notre marche vers la destinée promise. J'étais au plus bas, mais en lui faisant confiance, il m'a montré qu'il y avait beaucoup d'espoir là où moi, je ne voyais que du noir.

Louer Dieu a été un tremplin pour me libérer et partager mes émotions. Lorsque l'on chante, à travers notre voix, nous pouvons crier tous nos maux, mais au-delà de crier pour nous-mêmes, bien souvent on représente le porte-parole de beaucoup de bien-aimés, et au bout du compte, nous finissons par délivrer des messages pour aider toutes ces personnes qui n'ont plus la force de crier pour elles-mêmes. Plus je loue Dieu, plus il restaure mon âme ; plus il restaure mon âme, plus je gagne en confiance et en estime de moi.

Danser pour Dieu m'a permis de me réconcilier avec mon corps, avec mon être tout entier. Au début de la création du groupe de danse, j'étais celle qui donnait le pas, selon la direction de l'esprit de Dieu. Cela impliquait que je montre le mouvement à faire. Et c'est à ce moment précis que j'ai appris à aimer à nouveau ce corps, mon corps que je détestais. J'ai noué une relation plus intime avec le Saint-Esprit, en voyant qu'Il me rendait capable de faire des mouvements très harmonieux et doux. Mon poids n'était pas un frein pour la danse prophétique, j'étais souple et légère comme une plume ! Et pour tout vous dire, c'est en ayant ce lien avec le Saint-Esprit, en m'aimant, que j'ai commencé à mincir ! Cela dit, je n'avais pas encore franchi le pas de danser devant l'assemblée, j'envoyais mes petites lors des interventions et je les observais de loin.

En fait, moi, jeune femme atteinte d'hidradénome éruptif sur le cuir chevelu, le visage, le corps, et de surcroît en surpoids, tout cela représentait un terrain de jeu idéal pour Satan. Au plus profond de moi, je murmurais : « Les chanteuses, elles sont minces et jolies, toi, tu es moche, qui voudra de toi ? ... Tu es trop grosse Julie, il faut maigrir pour plaire... » Autant de phrases qui ont faussé et intoxiqué mon raisonnement de l'enfance à l'âge adulte, sans Christ dans ma vie.

Quel que soit ce qui fait votre différence, ne laissez pas les autres vous amoindrir. Dieu nous a aimés le premier, et c'est l'amour le plus important. Nous avons été créés à son image, et peu importe ce que nous vivons, cela fait partie de l'histoire de notre passage sur terre. Aimez-vous tel que vous êtes, maigrissez ou prenez du poids pour votre santé, pas pour plaire aux êtres humains ! Sentez-vous beau/belle, peu importe les imperfections que vous décelez sur votre corps. Vous avez la chance d'être en vie, c'est une grâce, louez Dieu pour cela.

Aujourd'hui, quand je me regarde dans un miroir, je ne pleure plus, je me retrouve à dire : « HellooO ! Belle créature de l'Éternel ! » car je connais mon identité en Christ. En obéissant à sa parole, à ses ordonnances, il m'a guérie et il continue de me révéler des choses enfouies en moi qui ont besoin d'être cicatrisées. C'est un processus, ne l'oublions pas ! C'est la Parole de Dieu qui *agit* en ceux qui croient, et qui donne la *santé à tout leur corps*. La foi implique toujours l'obéissance.

Finalement, après l'étape de chanter devant l'assemblée, il était temps pour moi de danser, et par la grâce de Dieu, tout s'est merveilleusement bien passé. Il est important d'attendre le feu vert de Dieu pour agir, ainsi sa force est avec nous. Bien que plusieurs personnes dont mes lucioles me disaient que j'étais prête à sortir de l'ombre dans ce domaine, je restais en coulisse. Il ne m'avait pas encore dit : « Vas-y. » Les motivations du cœur, à ce moment précis, sont éprouvées et de son trône, Il nous regarde.

Accomplissez-vous des choses pour montrer aux hommes que vous êtes capable et recevoir les applaudissements de la foule, ou accomplissez-vous ces choses parce que le Seigneur vous a dit : *Maintenant va, je suis avec toi !*

Ne les craignez point ; car l'Éternel, votre Dieu, combattra lui-même pour vous.

Deutéronome 3 : 22

Notre danse du 31 décembre 2019 avait comme message pour l'année 2020, *Ne t'inquiète de rien, je combats pour toi,* pour l'occasion, nous avions des éventails à voiles lumineux couleur flamme, symbolisant le feu de l'esprit, et des drapeaux couleur rouge et or, symbolisant le sang de Jésus et la majesté de Dieu.

Adorer et obéir à Dieu ont fait tomber les murailles de Jéricho de ma vie, laissant ainsi entrer la guérison physique et spirituelle dont j'avais besoin.

Portes, élevez vos linteaux ; Élevez-vous, portes éternelles !
Que le roi de gloire fasse son entrée !
Qui est ce roi de gloire ?
L'Éternel fort et puissant, L'Éternel puissant dans les combats.
Portes, élevez vos linteaux ; Élevez-les, portes éternelles !
Que le roi de gloire fasse son entrée !
Qui donc est ce roi de gloire ? L'Éternel des armées : Voilà le roi de gloire !

Psaumes 24 : 7-10

Troisième partie
Sur le chemin de ma destinée

IX
Le journal d'Améthyste

Début 2020 marque le début d'une crise sanitaire planétaire, la COVID-19. Nous pensions à ce moment que cela était passager, et que dans les mois à venir, la vie reprendrait son cours ! Pourtant, nous étions bien loin du compte.

Après de multiples campagnes de prévention par des gestes barrières hygiéniques et de distanciation physique, la décision d'un premier confinement au niveau national est annoncée, le lundi 16 mars 2020, par le Président de la République. Les restrictions liées à ce confinement ont rendu obligatoire la fermeture temporaire des magasins et des entreprises dits « non essentiels », des lieux de sociabilité et de loisirs tels que les bars, restaurants, cafés, cinémas, et commerces de détail, à l'exception des pharmacies et des magasins d'alimentation, afin de réduire les déplacements au strict nécessaire. À ce moment, les rassemblements avec un large public dans les lieux de culte étaient eux aussi interdits, entraînant du coup leur fermeture.

Je pensais que ce confinement marquerait un court arrêt à mes activités de louange et de danse me permettant de souffler, car je n'avais cessé d'enchaîner depuis le mois de novembre (mariage, programme, culte), j'étais épuisée ; mais personne ne semblait le voir malgré ma nonchalance. Je devais préparer le mémoire pour mon diplôme en science de l'éducation, être productive dans mon emploi séculier étant en période de situation comptable, et être tout aussi attentive et engagée à l'Église, cela était parfois beaucoup trop pour moi, mais je m'investissais.

L'Église est fermée, je poursuis mes études à l'université en distanciel, et je continue de me rendre au bureau pour travailler. À la même période, mes collègues et moi-même devions passer un rendez-vous de contrôle auprès de la médecine du travail. Ce rendez-vous, finalement, a eu lieu en consultation téléphonique. Quand ce fut mon tour, j'en suis ressortie avec un courrier stipulant que je faisais partie des personnes considérées « à risque », c'est-à-dire qui pourrait avoir une forme grave de la COVID-19 si je venais à être contaminée, due à plusieurs facteurs tels que l'état de santé, le poids, etc. Cela a déclenché mon entrée en télétravail. Dès le lendemain, le service informatique de la société m'a installé tout ce dont j'avais besoin pour travailler en réseau depuis chez moi, sur mon ordinateur portable. L'église quant à elle communiquait et essayait de maintenir les liens fraternels grâce à un groupe central sur un réseau social.

Avec du recul, je me rends compte qu'être confinée chez moi, en télétravail, était la mise en place d'un environnement propice à la préparation du bouleversement phénoménal que j'étais sur le point de vivre, mais je ne le savais pas encore. J'avais vécu de belles choses avec le Seigneur jusqu'ici, mais je n'avais pas encore expérimenté sa véritable souveraineté. J'étais sur le point d'entrer dans un tourbillon très difficile, mais étais-je prête pour cette nouvelle saison de ma vie ?

a. Une direction dans la prière

C'est bientôt la fin de mon année universitaire et les choses ne se sont pas passées comme je l'imaginais. Je m'en suis quand même bien sortie depuis la rentrée alors que je croyais ne jamais avoir la chance d'aller étudier dans un campus ayant quitté l'école après le lycée, mais « Pour moi, Il l'a fait (…) » comme dit la chanson du groupe Glorious, et je rends gloire à Dieu pour cela.

Quand j'y repense, obéir à cette instruction du Seigneur, qui était de reprendre mes études, a été le commencement d'un nouveau chapitre de mon histoire sur cette terre, c'était mon entrée dans une nouvelle saison de ma vie. Au début, je n'avais aucune idée de la raison pour laquelle le Seigneur me demandait d'aller étudier en sciences de l'éducation, dans une promo où il y avait une majorité de futurs professeurs des écoles, car je savais que ce n'était pas ma finalité. Mais au-delà de tout cela, cette filière ouvrait de multiples portes par la suite. Je ressentais un gros stress quand une personne me demandait : « Pourquoi tu passes ce diplôme ? » Je ne pouvais pas leur répondre : « En fait, je ne sais pas, c'est le Seigneur qui m'a dit d'y aller alors je me suis inscrite. » Même certains chrétiens diraient que je suis bizarre. Pourtant, dans mon cœur, je savais que je ne faisais qu'obéir.

Plusieurs fois, je me suis retrouvée à dire : « Seigneur, qu'est-ce que je fais là, dans cette promo, c'est vraiment parce que je veux t'obéir, même si je ne comprends pas encore, je sais que j'aurais un jour l'explication ».

Je priais énormément pour recevoir une direction divine, parce que je ne me plaisais vraiment plus dans mon poste d'assistante comptable, mes activités à l'église avaient pris une place prédominante dans mon cœur, j'avais pris conscience que je souhaitais faire autre chose comme activité professionnelle. De plus, la pression devenait trop intense au bureau ; plus je travaillais, plus le travail augmentait ; mais le véritable déclencheur de mon cri de secours à Dieu a été l'annonce de l'agrandissement de l'activité de la société.

Pour tout vous dire, à la suite de cela, mes collègues festoyaient pensant à une éventuelle évolution salariale, alors que moi, je me suis effondrée en larme une fois chez moi, pensant à la surcharge de travail qui allait me tomber dessus. Je n'en pouvais déjà plus, cette annonce était la goutte d'eau de trop, je devais quitter le navire et le plus rapidement possible, mais j'étais en contrat à durée indéterminée, je ne pouvais pas juste me lever et dire au revoir ! Seul Dieu pouvait intervenir pour me sortir de cette impasse.

Je me demandais si je devais continuer mes études ou si le Seigneur allait me donner une opportunité dans une autre société qui me correspondrait plus et serait en adéquation avec mes nouvelles convictions. J'étais dans la confusion, j'avais besoin d'une direction et la prière était ma seule issue.

Car quiconque demande reçoit, celui qui cherche trouve, et l'on ouvre à celui qui frappe.

Luc 11 : 10

Je persistais dans la prière pourtant, je n'avais toujours pas de réponse, mais à l'intérieur de moi je me suis mise à penser régulièrement à une sœur de l'Église qui était aussi à la louange, avec qui je n'avais plus de grand contact comme nous en avions auparavant. J'avais de l'amertume sur mon cœur envers elle, et les souvenirs de cette colère en moi contre elle, ont commencé à me revenir à l'esprit. Mon témoin intérieur me disait de l'appeler, mais mon orgueil me disait : « Ça ne va pas la tête, n'importe quoi » !

J'ai lutté avec cette pensée pendant près de deux semaines, dans la même période mes prières semblaient être inefficaces et ne plus monter vers Dieu, j'avais l'impression d'être face à un mur, mais que devais-je faire ? J'entendais à l'intérieur de moi : « Appelle-la, et excuse-toi. » C'était difficile pour moi car je me considérais comme la victime, par conséquent les choses devaient se faire dans le sens inverse. J'en ai parlé à mon pasteur qui m'a clairement dit que je ferais mieux d'écouter la voix du Saint-Esprit. Je n'étais pas en accord avec cela, ceci dit, la pression dans mon cœur était si forte que je me suis résignée à l'appeler.

Que toute amertume, toute animosité, toute colère, toute clameur, toute calomnie, et toute espèce de méchanceté disparaissent du milieu de vous.

Éphésiens 4 : 31

Toujours en télétravail, je me décide un matin à me disposer pour passer ce coup de fil, qui finalement était la clé pour ouvrir la porte qui me semblait fermée jusqu'ici. Je me demandais ce que j'allais lui dire et comment le lui dire, par quoi devais-je commencer ? J'étais en stress…

« *Allo* », c'est bien sa voix que j'entends au bout du fil, je la salue et me présente, elle semble très surprise de mon appel. Je lui demande si elle a quelques minutes à m'accorder car je souhaite lui parler, elle me dit que oui, elle est également télétravail, l'échange peut alors commencer.

b. Le non-pardon cause de blocage

... lorsque vous êtes debout faisant votre prière, si vous avez quelque chose contre quelqu'un, PARDONNEZ, afin que votre Père qui est dans les cieux vous pardonne aussi vos offenses

Marc 11 : 25

Jésus nous demande que l'on pardonne au risque d'avoir des conséquences dans notre vie. Nous devons sonder nos relations avec les autres, et même si la rancune ne vient pas de nous mais de quelqu'un d'autre envers nous, nous devons chercher à faire des démarches pour réparer la situation, c'est dans cette optique que j'ai contacté M...

Je pensais que l'appel durerait quelques minutes, à ma grande surprise, nous sommes restées plus d'une heure à échanger ! Le Saint-Esprit avait déjà disposé ce moment avant même que j'appelle. Très réceptive, elle anticipait chacun de mes propos. Nous avons pu aplanir nos différends :

- Je n'ai pas aimé quand tu as fait ça.
- Je n'ai pas compris pourquoi tu agissais comme ceci.
- J'étais très en colère contre toi quand ça s'est passé (…).
- Je te demande pardon et m'en excuse.
- Je te demande aussi pardon de t'avoir offensé, je m'excuse.

Il faut se repentir devant Dieu, mais aussi auprès de la personne avec qui nous avons eu le problème, sans quoi Dieu ne peut exaucer nos prières.

Demander pardon, c'est reconnaître une faute, demander pardon, c'est faire un pas en arrière par rapport à son propre égoïsme. Il est souvent difficile de quitter son propre narcissisme, d'abandonner sa position de victime et de reconnaître sa part d'erreur.

Mais faisons un point sur l'amertume. Dans le cœur, c'est un obstacle majeur à la prière, nous pouvons même considérer que c'est une maladie de l'âme. Une grande tristesse douloureuse que nous gardons au fond de nous, qui naît généralement de l'offense, l'humiliation, la désillusion. Elle ne vient pas forcément du fait d'avoir vécu ces choses, mais plutôt de l'effet qu'on les a laissées avoir sur nous. Cela produit en nous irritabilité, frustration, manque de pardon, insociabilité, envie, jalousie, etc. Guérir de l'amertume passe nécessairement par le fait de pardonner.

Il faut accepter de pardonner à ces personnes qui nous ont fait mal par le passé et faire la paix avec elles. Il faut aussi accepter de se pardonner à soi-même, accepter en toute honnêteté sa part de responsabilité dans le mal qu'on a vécu et en demander pardon à Dieu.

Garde ton cœur plus que toute autre chose, car de lui viennent les sources de la vie.

Proverbes 4 : 23

Faites tout pour pardonner et libérer votre cœur des blessures du passé, chercher la guérison intérieure ! Certains blocages dans la vie ne sont pas le fait des sorciers mais du manque de pardon que ce soit contre les autres ou envers soi-même.

L'experte en business Danie Johnson a dit :
Le pardon est pour VOUS, pas pour eux. Cela ne rend pas ce qu'ils ont fait correct. Mais s'accrocher au manque de pardon vous pourrit de l'intérieur. Et ce n'est pas pour cela que vous êtes ici. Votre vie a un BUT et le manque de pardon tentera de détruire ce but en vous. Quoi que vous ayez à faire, APPRENEZ à pardonner.

L'offense est quelque chose que nous rencontrons tous, nous pouvons choisir d'agir comme Christ face à celle-ci, ou bien d'entretenir la blessure. Ceux qui ne choisissent pas la voie du pardon restent blessés et blessent à leur tour les autres. Dieu nous appelle à pardonner et à relâcher la personne qui nous a offensés. Notre tendance naturelle lorsque nous sommes offensés, c'est de nous éloigner.

Ce sont vos fautes qui vous séparent de votre Dieu. C'est à cause de vos péchés qu'Il s'est détourné loin de vous pour ne plus vous entendre.

Ésaïe 59:2

Pardonner étant un commandement, quand je refuse de m'y plier, je transgresse l'ordre de mon Seigneur : je suis en faute. Et mes fautes m'éloignent de la présence de Dieu. La méchanceté ne peut pas cohabiter avec la douceur. L'amour ne peut pas tolérer la rancœur. La sainteté de Dieu ne peut pas entrer en communion avec la souillure d'un cœur offensé qui s'entête à ne pas pardonner. Quand nous choisissons de pécher, nous construisons une barrière entre Dieu et nous-même. Nous tirons le rideau sur notre communion avec lui et nous retrouvons dans le froid de la solitude spirituelle. Souvent, dans notre colère, nous accusons Dieu de nous avoir abandonné, alors qu'en fait, c'est nous qui l'avons abandonné. Si nous nous endurcissons dans notre refus de nous repentir, notre Père aimant nous corrigera.

La religion chrétienne a toujours affirmé que le pardon est un ingrédient important pour vivre une vie fructueuse. Si l'offense conduit au ressentiment et le ressentiment se transforme en amertume, alors la colère, l'agressivité et la violence peuvent en résulter. Si les deux partis se pardonnent, alors la guérison, la réconciliation et la restauration peuvent s'ensuivre. Une bonne relation requiert deux personnes qui pardonnent. Cela fait parfois prendre de grands risques, puisque la personne à qui vous pardonnez peut rejeter votre geste, ou pire, s'en servir contre vous. Le Dieu de la Bible affirme offrir le pardon gratuitement à celui qui le Lui demande.

Le pardon des offenses et l'amour des ennemis sont parmi les points les plus caractéristiques de l'enseignement de Jésus ; ils se signalent l'un et l'autre par leur radicalité : ils rejettent toute forme de vengeance. Une assurance lui est cependant donnée : « Oui, si vous pardonnez aux hommes leurs manquements, votre Père céleste vous pardonnera aussi. »

J'étais heureuse d'avoir fait ce pas d'obéissance, suivi d'une période de jeûne de proclamation, je m'attendais maintenant, à recevoir la grâce qui découlerait de cet acte de pardon. Au fil de mes prières vint un jour dans mon temps de dévotion[18], où j'entendis quatre mots. C'était comme une énigme à résoudre. À la suite de cela, j'ai été conduite dans la parole de Dieu, dans le livre de l'Apocalypse, au chapitre 12 ou un verset très parlant est venu m'éclairer. Ce que je pensais comprendre était irréaliste pour moi, au vu de ma situation personnelle du moment. J'ai donc continué à prier, mais je recevais toujours la même direction. Je devais arrêter de regarder la réponse avec mes yeux charnels, mais ouvrir mes yeux spirituels et croire.

---

[18] Temps de prière et méditation régulier privé en l'honneur de Dieu.

Pasteur Éliane aime dire que Dieu nous donne un puzzle avec des pièces et c'est à nous de les recomposer pour en trouver le sens. En décortiquant les 4 mots, j'ai compris que c'était la réponse à mes supplications, et chacun d'eux avait un but bien précis :

- l'un me donnait l'objectif,
- le deuxième me donnait la raison pour laquelle la réponse a tardé,
- le troisième mot était une destination,
- le quatrième me conduisait vers une spécialisation.

Tout était clair, mais choquée par cette révélation, je restais silencieuse. Affolée, paniquée, apeurée, je me suis mise à pleurer en disant : *Seigneur, regarde mon état aujourd'hui, c'est impossible pour moi de faire cela, comment puis-je le faire ? Avec quel argent ? Mais je crois en toi, si c'est ta volonté montre-moi la voie, car sans toi je n'y arriverais pas !*

J'avais la réponse à mes supplications, mais j'avoue que je n'étais pas prête mentalement, socialement, financièrement et même psychologiquement pour cette nouvelle étape de ma vie qui me tombait dessus. Néanmoins, le Seigneur ne m'a jamais déçu, et là, j'étais face à un gros dilemme : faire confiance à Dieu que je ne vois pas ou regarder à ma situation présente et refuser ses plans pour moi. C'était extrêmement difficile de croire sans voir. C'est alors qu'Il me donna l'instruction de poser un acte prophétique, symbolisant ce qui devait arriver selon le rhema[19] que j'avais reçu pour l'activer. Avec des directives très claires, j'avais les cartes en main, mais qu'allais-je faire ?

---

[19] *Rhema* « parole parlée ». On reçoit un *rhema* quand Dieu nous parle spécifiquement pour une situation, nous expliquant comment l'appliquer à ce que l'on traverse ou nous donnant une direction précise pour nos vies.

c. L'acte prophétique

Avant d'aller plus loin, voyons quelques aspects du terme *prophétique*. Il vient du mot prophète. Un prophète est une personne revêtue de l'autorité divine et inspirée par le Saint-Esprit. Il est avant tout un porte-parole qui révèle les pensées et les desseins de Dieu. Certaines prophéties peuvent comporter un accomplissement progressif ou avoir plusieurs accomplissements échelonnés dans le temps. Aujourd'hui, la parole nous indique que nous sommes tous appelés à prophétiser. Nous comprenons donc que tout ce qui est prophétique tourne autour de la prophétie de Dieu.

Dans les derniers jours, dit Dieu, je répandrai de mon Esprit sur toute chair ; Vos fils et vos filles prophétiseront, Vos jeunes gens auront des visions, Et vos vieillards auront des songes.

Actes 2 : 17

La Bible regorge d'histoires où des personnages ont dû faire des actions prophétiques, annonçant ce qui devait arriver. Prenons l'exemple dans le livre de Jérémie, chapitre 19 avec l'histoire de la cruche cassée :

Voici ce que le SEIGNEUR a dit à Jérémie : « Va t'acheter une cruche en terre chez le potier. Ensuite, prends avec toi quelques hommes du conseil des anciens gens du peuple et prêtres. Sors par la porte des Pots cassés et va dans la vallée de Hinnom. Et là, tu crieras le message que je te donnerai. »

Jérémie 19 : 1-2

Ensuite, tu casseras cette cruche sous les yeux de ceux qui sont avec toi. Tu leur diras : « Voici les paroles du SEIGNEUR de l'univers : je casserai ce peuple et cette ville comme on casse une cruche en terre. Ce sera définitif. »

Jérémie 19 : 10-11,

Waouuuh ! Le prophète Jérémie avait reçu le rhéma « d'anticiper prophétiquement » ce que Dieu allait faire, c'est ainsi qu'il brisa le vase en présence de témoins, signifiant comment Dieu allait briser la ville.

Mais quel était l'acte prophétique que je devais moi-même poser ? J'avais premièrement dû nettoyer et ranger mon bureau, noter mes tâches quotidiennes pour la personne qui prendrait ma place, car ma prière était de changer de travail, alors je devais faire comme si j'allais quitter mon poste dans les jours qui suivent. Le deuxième acte, je l'avais clairement vu dans mon esprit, grande de couleur violette, ayant quatre roues ; je devais acheter une valise, et préparer une trousse de toilette, ce qui signifiait et marquait le point de départ pour un voyage. Je ne savais pas exactement ce que je devais faire, comment j'allais le faire, ni où précisément je devais me rendre car j'avais juste reçu le nom d'une capitale. Comment ferais-je pour aller à cet endroit ? Comment allais-je annoncer la nouvelle à mes parents, à mon travail, à mes connaissances ?... Le départ était proche, c'était totalement irréaliste d'entreprendre un tel projet du jour au lendemain surtout sans budget, mais je savais que rien était impossible à Dieu, je devais croire.

Jésus lui répond : « Pourquoi est-ce que tu dis : "Si tu peux faire quelque chose..."? Tout est possible pour celui qui croit ! »

Marc 9 : 23

La première personne à qui j'en ai parlé est mon pasteur, puis à ma mère. Elles n'ont pas douté de cette instruction divine, mais elles s'attendaient à un départ assez éloigné. Alors qu'il ne me restait que quelques mois pour tout programmer, les choses allaient s'emboîter les unes après les autres à grande vitesse. Je n'arrivais pas à parler de ce projet à mes connaissances, j'étais comme muselée par l'Esprit. Finalement, un après-midi, en sortant du travail, je me suis rendue en ville dans une zone remplie de commerces près du marché de Cayenne, afin de chercher la fameuse valise.

Assise derrière le volant de mon véhicule, roulant doucement dans l'espoir de trouver une place pour me garer, j'arrive dans une intersection, et juste en face de moi dans l'angle je vois sur le trottoir devant un magasin, exposer une valise semblable à celle que j'avais vue en Esprit : Elle était violette à quatre roues avec des reliefs. Les yeux écarquillés, stupéfaite, j'ai crié dans la voiture : *Ma valiiiiiiiiiiiiise !* Je n'ai pas eu à chercher, c'est comme si elle était là à m'attendre, me disant : « Coucou, c'est moi que tu cherches je crois, me voici ! »

J'embarque donc ma valise dans mon coffre, mais arrivée chez moi, mon père ne doit pas la voir, il n'est au courant de rien, et franchement je craignais sa réaction à l'annonce de mon projet de voyage. Il m'a toujours dit que j'avais la sécurité de l'emploi à mon travail, alors quelle serait sa réaction ? J'ai finalement attendu le lendemain, une fois qu'il fut parti de la maison pour la rentrer dans la chambre. Enfermée dans un gros sac poubelle, et posée sur le haut de mon armoire, je fis cette prière : *Seigneur, j'ai obéi jusqu'ici, et je sais que tu es capable de faire l'impensable ; me voici, je suis prête à partir, montre-moi la voie.*

Après des recherches sur internet, me voici assise dans un bureau en face d'un homme pour le dépôt d'une « demande d'attestation du caractère réel et sérieux d'un projet de reconversion professionnelle nécessitant le suivi d'une formation », dans le cadre d'une démission reconversion. C'est sur le site demission-reconversion.gouv.fr que j'ai trouvé toutes les informations nécessaires pour quitter mon emploi. Depuis le 1er novembre 2019, nous avons la possibilité de démissionner tout en ayant droit à l'allocation chômage pour nous aider à nous lancer, sous certaines conditions. Et comme cela était le projet de Dieu, je ne doutais nullement que la réponse serait favorable, mais cela n'allait pas être si facile que je le pensais, car notre ennemi le diable s'interpose toujours pour tenter de faire échouer la volonté de Dieu dans notre vie.

Il y avait une procédure et plusieurs étapes à respecter pour obtenir l'attestation qui validait le projet, c'est un précieux sésame. Dans mon cas, le fait d'être en fin d'études universitaires dans une branche éducative était déjà une preuve de mon ambition de changer de voie professionnelle. J'avais rédigé en quelques jours mon plan de reconversion sur trois ans, avec les écoles, les formations, le budget, tout était clair. Je savais dans quelle direction j'allais, en tout cas en apparence. Ce monsieur en face de moi, qui était le conseiller en évolution professionnelle et qui devait traiter ma demande, n'a eu qu'à me remettre le formulaire à remplir qui serait adressé ensuite à « Transition pro (anciennement le Fongecif) », car convaincu par mes démarches et ma motivation, pour passage en commission.

Pourtant, j'étais hors délai pour la session de juillet ! Il aurait fallu que je dépose mon dossier un mois avant la date à laquelle la commission doit siéger. Et malgré cela, ma demande a bien été reçue fin juin pour la prochaine commission de juillet. À ce moment, le Seigneur me fit comprendre que je devais démissionner maintenant, sans attendre la réponse à ma demande. Le doute a commencé à s'installer en moi et je me demandais : *Et si..., Non, Dieu a dit, donc je ne dois pas douter !*

Secrètement, quatre mois auparavant, sans savoir quel serait mon avenir, j'avais rédigé ma lettre de démission avant de commencer à implorer la grâce de Dieu. Je l'ai alors rouverte sur mon ordinateur pour changer la date, l'imprimer et la déposer officiellement auprès de la direction. À la suite de cet acte de foi, c'est maintenant que la bataille commence…

d. L'importance du jeûne

Au stade où j'en étais, je devais en parler à mon père et, à ma grande surprise, il a très bien réagi quand je lui ai dit que j'allais partir. Le Seigneur avait travaillé son cœur en amont. Démission déposée, mon père informé, je devais cependant, continuer de prier et encore plus qu'avant pour recevoir la faveur de Dieu, car mon préavis professionnel avait débuté, et je n'avais pas encore la réponse à ma demande d'attestation. Souvent, Dieu attend de nous cet acte de foi signe qui atteste que nous nous attendons et espérons uniquement en lui.

Je n'avais pas la date à laquelle se tiendrait la commission, alors je priais tous les jours, mais avec moins de vigueur. Le Saint-Esprit me demanda d'entrer dans un jeûne d'Esther. Je n'en avais jamais fait auparavant. C'est un jeûne biblique de trois jours, sans boire ni manger. Il affaiblit le corps et dispose l'esprit à la prière dans des situations délicates. Je compris alors qu'une bataille avait lieu dans le ciel contre mon exaucement, et que ce sacrifice était nécessaire.

Toujours en télétravail, j'entrais dans ce type de jeûne, pour la première fois. Dès le premier jour, j'ai lutté, j'ai eu soif, j'ai été fatiguée, j'ai eu faim et j'ai eu mal au ventre. Mais... J'ai tenu. Le lendemain, j'ai eu la nausée, le tournis. La nuit tombée, je n'en pouvais plus, j'abandonnais si près du but. Pourtant, je n'étais pas inquiète car « Dieu a dit », alors mon exaucement viendra même si je n'avais tenu le jeûne qu'un jour et demi au lieu de trois... Du moins, c'est ce que je pensais.

Quelques jours plus tard, une notification apparut sur mon portable, j'avais reçu un e-mail de transition pro m'informant qu'un document avait été mis à ma disposition, sur mon espace personnel. Je me suis précipitée sur l'ordinateur pour l'ouvrir (nous étions à la troisième semaine du mois de juillet). Il restait donc cinq semaines avant que je ne quitte définitivement mon emploi, sans garantie de revenus pour l'heure. J'ouvrais le document et je lus en lettres capitales « REFUSÉ ». Mon monde s'est écroulé, et moi aussi d'ailleurs... Je me suis mise à pleurer, les deux mains posées sur ma tête.

J'ai confiance en Dieu, et j'ai foi en ce qu'il me dit, alors le problème venait forcément de moi... Qu'est-ce que je n'avais pas fait correctement ? Le jeûne ! Je n'avais pas respecté le jeûne d'Esther de trois jours ! Conséquences, j'ai perdu cette bataille.

Ce refus avait déclenché en moi une sainte colère, j'avais mis de côté mes larmes en disant à l'ennemi qu'il était un menteur, et que je n'avais pas dit mon dernier mot ! Dès le lendemain, je suis allée exposer le problème au conseiller en évolution professionnelle. Une solution de recours m'a été proposée et... aussitôt dit aussitôt fait ! Dans la foulée, j'avais envoyé mon courrier de demande de réexamination de ma demande. J'avais mal aux genoux à force d'intercéder. J'ai reconnu ma faiblesse aux pieds de Dieu qui était de m'empêcher de tenir le jeûne d'Esther implorant sa miséricorde de dire encore un mot en ma faveur. Je me suis repentie d'avoir pris pour acquis ce qu'il m'avait dit, pensant que des efforts négligés n'empêcheraient pas l'accomplissement de la promesse. Mais derrière l'effort que demande le jeûne se joue très souvent une bataille invisible qu'il ne faut pas ignorer.

Le jeûne est un vecteur puissant qui nous permet de maîtriser la chair et vivifier notre esprit. C'est la privation volontaire ou non, de nourriture, accompagnée ou pas d'une consommation d'eau pendant un certain temps. Nous parlons ici du jeûne spirituel, et non pas du jeûne tel qu'une grève de la faim ou dans le cadre d'un régime alimentaire. C'est une pratique qui a un impact spirituel profond, un des bienfaits du jeûne c'est qu'il nous rapproche de Dieu. Nous devons toujours joindre à nos temps de jeûne, des moments d'intercession, d'adoration et de méditation.

L'Esprit me conduit à nouveau dans un jeûne de trois jours, mais en le coupant le soir avec un léger repas. Je n'étais plus en télétravail à ce moment car c'était mon dernier mois dans l'entreprise, et je devais me préparer à former mon successeur ; nous sommes au mois d'août. Mes fins de journées de travail sont rythmées par des temps dans la présence de Dieu. Il était mon seul espoir, mon seul abri et c'est toujours le cas, aujourd'hui.

Après peu de temps, l'histoire se répète, une notification apparaît sur mon portable. J'ai reçu un e-mail de transition pro m'informant qu'un document avait été mis à ma disposition sur mon espace personnel. Et cette fois-ci, je ne me précipite pas sur l'ordinateur pour l'ouvrir. Nous sommes à la deuxième semaine du mois d'août. Il reste deux semaines avant de quitter définitivement mon emploi, sans garantie de revenus jusqu'alors. Je n'arrive pas à ouvrir le document, je n'en ai pas la force, je suis stressée. Ma mère, aussi impatiente que moi m'encourage à regarder. Je tourne dans la maison, je parle à Dieu. Maman me dit : *Bon alors, c'est pour aujourd'hui ou pour demain ? De toute façon, tu ne pourras pas changer ce qui est écrit sur ce document.* Alors, je prends une grande respiration, je m'assieds sur le canapé avec mon ordinateur portable, et je regarde. À la vue de la décision, je m'écroule en pleurs sur le canapé ! Ce que j'ai ressenti était indescriptible ! Comment une erreur de compréhension a-t-elle pu mener à une décision négative à ma demande ? Mes pensées se bousculaient dans ma tête : *Que dois-je faire maintenant ? Seigneur quelle est la suite ? Où vais-je aller à présent ?* Maman vient se tenir debout, à côté de moi et me regarde inquiète. Ces mots sortent alors de ma bouche : *Ils m'ont donné un avis favorable...*

Vous avez eu un soupçon de déception avouez-le, mais rassurez-vous, oui j'ai eu une réponse favorable à mon recours. Il m'a été expliqué qu'ils n'avaient pas compris que mon objectif était une formation et non pas une démission pour création d'entreprise. Voyant que je n'avais pas joint de prévisionnel ainsi que d'autres documents nécessaires à l'étude de demande de ce type, ils n'ont simplement pas ouvert mon dossier qui n'avait rien avoir avec les demandes habituelles qu'ils recevaient.

Dans cette partie de mon histoire, j'ai appris l'importance du jeûne dans notre avancement avec Dieu. Pour certains, se priver paraît insurmontable et devient quelque chose de trop inconfortable, ce qui les pousse à rarement mettre en pratique cette discipline spirituelle. L'essence même du jeûne consiste à faire de soi un sacrifice agréable à Dieu. Retenons que ce qui est plus important que la durée ou le type de jeûne, ce sont les motivations et l'état d'esprit qui en sont à l'origine.

Dans le combat spirituel, il faut le lier à la prière incessante et au repentir sincère. C'est une arme efficace à l'exaucement des prières et redoutable contre les forces des ténèbres. Le jeûne qui fait plaisir à Dieu est celui qui découle d'une vie pure et qui nous permet de dépasser nos limites. La Bible nous parle de cinq types de jeûne :

1 – Le jeûne de 40 jours et 40 nuits : c'est un jeûne de revêtement de puissance.

Moïse fut là avec l'Éternel quarante jours et quarante nuits.

Il ne mangea point de pain, et il ne but point d'eau.

Et l'Éternel écrivit sur les tables les paroles de l'alliance, les dix paroles.

Exode 34 : 28

2 – Le jeûne de 21 jours : c'est un jeûne d'intercession et de révélation.

En ce temps-là, moi, Daniel, je fus trois semaines dans le deuil.

Je ne mangeais aucun mets délicat, il n'entra ni viande ni vin dans ma bouche,

et je ne m'oignis point jusqu'à ce que les trois semaines fussent accomplies.

Daniel 10 : 1-6

3 – Le jeûne de sept jours : le jeûne de supplication et de deuil.

David pria Dieu pour l'enfant, et jeûna ; et quand il rentra, il passa la nuit couchée par terre. Les anciens de sa maison insistèrent auprès de lui pour le faire lever de terre ; mais il ne voulut point, et il ne mangea rien avec eux. Le septième jour, l'enfant mourut. Les serviteurs de David craignaient de lui annoncer que l'enfant était mort. De retour chez lui, il demanda qu'on lui servît à manger, et il mangea.

2 Samuel 12 : 16-20

4 – Le jeûne de trois jours : c'est un jeûne de combat et de « déblocage ».

Va, rassemble tous les Juifs qui se trouvent à Suse, et jeûnez pour moi, sans manger, ni boire pendant trois jours, ni la nuit ni le jour. Moi aussi, je jeûnerai de même avec mes servantes, puis j'entrerai chez le roi, malgré la loi ; et si je dois périr, je périrai.

Esther 4:16

5 – Le jeûne d'une journée : jeûne d'humiliation, de repentance.

Et ils s'assemblèrent à Mitspa. Ils puisèrent de l'eau et la répandirent devant l'Éternel, et ils jeûnèrent ce jour-là, en disant : « Nous avons péché contre l'Éternel ! Samuel jugea les enfants d'Israël à Mitspa. »

1 Samuel 7:6

Ils furent dans le deuil, pleurèrent et jeûnèrent jusqu'au soir, à cause de Saül, de Jonathan, son fils, du peuple de l'Éternel...

2 Samuel 1:12

Le jeûne apporte de nombreuses bénédictions spirituelles, matérielles et physiques. Tous ceux qui l'ont pratiqué dans les normes ont toujours eu la victoire sur les forces ténébreuses.

Le jeûne comporte de nombreux avantages sur le plan spirituel tel que l'exaucement de prières, une communion plus intense avec Dieu, le détachement des chaînes de la méchanceté et du péché. Sur le plan naturel, elle apporte la guérison aux malades, le rajeunissement et la régénération des cellules du corps.

Jeûner est une bonne chose si l'on fait de ces jours des occasions de sacrifice et de consécration totale. Autrement, le Seigneur n'accorde pas l'exaucement.

Il est 16h00, je suis assise dans la salle d'embarquement de l'aéroport Félix Eboué. C'est le grand jour. Je repense au pot de départ et aux cadeaux en mon honneur dans ce que je peux appeler maintenant mon ancien travail. Je suis heureuse d'avoir pu payer mon aller simple avec mes miles cumulés durant toutes ces années de voyage.

Mon cœur est serré car je n'ai dit au revoir qu'à quelques personnes. Ma bouche était encore liée. J'ai l'impression de partir comme une voleuse, de partir en cachette mais, si Dieu l'a voulu ainsi, c'est pour une raison que lui sait, et que moi, je ne connais pas encore. Il est celui qui connaît le cœur de chacun d'entre nous, et je suis persuadée qu'autour de moi, il y a des loups contre mon avancement comme pour beaucoup d'entre nous.

Je pars seule physiquement, mais accompagnée de mon Dieu. Les larmes de mon père m'ont fendu le cœur, ce n'est qu'à cet instant que je me suis rendu compte de l'amour qu'il a

134

pour moi ; nous nous sommes tant de fois disputés par le passé que j'en ai douté. Ses larmes sont des larmes de tristesse, mais aussi de peur car, durant ces trois prochains mois, je ne pourrais compter que sur mon solde de tout compte pour vivre. Bien qu'ayant obtenu le précieux sésame pour l'indemnisation chômage, je dois attendre une période de carence. De ce fait, je pars sans pouvoir fournir à un bailleur ou un propriétaire un justificatif de revenu, mes droits n'étant pas encore ouverts.

J'irai dans un département où je ne connais que deux personnes, et encore superficiellement. Je logerai deux semaines dans un logement saisonnier, le temps de signer un bail de location. Une semaine avant, j'avais contacté une dame pour une petite maison à 40 minutes en voiture de ma future école. Elle a accepté malgré ma situation d'attendre ma venue, alors que bon nombre de personnes avaient déjà visité le logement.

Je pars à l'aveugle, sans savoir ce qui m'attend, faisant confiance et part obéissance à mon Dieu. Mais des questions me turlupinent l'esprit :

- Vais-je obtenir ce logement que je dois visiter dès le premier jour de mon arrivée ?
- Vais-je trouver un autre bailleur ?
- Vais-je aimer ma formation dans cette école ?
- Vais-je supporter d'être seule et loin de ma famille ?
- Vais-je m'adapter au froid hivernal qui arrive ?
- Ne vais-je pas regretter de tout recommencer à zéro ?
- Vais-je m'en sortir avec les transports en commun ?
- Cette nouvelle vie va-t-elle me plaire ?
- Pourrais-je réellement vivre avec beaucoup moins d'argent ?
Est-ce que…, est-ce que… est-ce que !

X
Les noms de Dieu

Adonaï : *Seigneur Éternel.*

El-Elyon : *Dieu Très-Haut.*

El-Olam : *Dieu Éternel.*

El-Roï : *Dieu qui voit.*

El-Schaddaï : *Dieu tout-puissant.*

Yahvé-Elohim : *L'Éternel Dieu.*

Yahvé-Jiré : *L'Éternel pourvoira.*

Yahvé-Nissi : *L'Éternel ma bannière.*

Yahvé-Raah : *L'Éternel mon berger.*

Yahvé-Rapha : *L'Éternel qui guérit.*

Yahvé-Sabaoth : *L'Éternel des armées.*

Yahvé-Shalom : *L'Éternel notre paix.*

Yahvé-Shamma : *L'Éternel est là.*

Yahvé-Tsidkenu : *L'Éternel notre justice.*

YHWH : *Yahvé, l'Éternel.*

XI
Les dons de l'esprit de Dieu

1. Les dons de révélation

1.1. Parole de sagesse

Le don de sagesse est une compétence qui dépasse l'entendement humain, car il ne se fonde pas sur les raisonnements de ce monde. Le don de sagesse est une portion de la Sagesse divine qui s'exprime au bon moment. Il nous accorde le discernement. C'est une découverte surnaturelle du plan et de la pensée de Dieu communiqués par le Saint-Esprit. Ce don est étroitement lié avec la révélation divine car il est porteur de vérité indiscutable.

1.2. Parole de connaissance

La parole de connaissance est une bénédiction qui surpasse la connaissance par l'apprentissage. Le don de la parole de connaissance qui est une manifestation du don de sagesse qui nous fait passer de l'intelligence humaine à une dimension spirituelle éclairée dans laquelle le Saint-Esprit nous communique les ordres ou le plan de Dieu : la révélation. On ne peut pas être investi de parole de connaissance si on n'expérimente pas la Sagesse divine.

1.3. Discernement des esprits

Le discernement des esprits nous permet donc de distinguer quelle est la manifestation du Saint-Esprit et celle des esprits impurs. Le discernement des esprits est un don qui révèle nos blocages dans notre marche spirituelle afin que nous cessions d'être sous la domination des esprits qui rôdent autour de nous. Tout esprit manifesté autre que le Saint-Esprit légué par Jésus.

2. Les dons de puissance

2.1. Le don des guérisons

Le don des guérisons ne concerne pas les avancées scientifiques de ce monde. Il ne s'agit pas de trouver le remède à une maladie mais de se servir de Christ et des Saintes Écritures comme remède pour matérialiser la guérison. Le don des guérisons nécessite de manifester dans son cœur et dans son âme le don de foi. Il est impossible de détruire le mal si l'on ne déclare pas une parole de foi. La guérison est la conséquence de la foi mutuelle de celui qui proclame la Parole et de celui qui la reçoit. Car c'est la foi qui sauve. C'est ainsi que le boiteux de Lystre fut guéri. Il avait la foi et Paul déclara avec assurance la guérison dans sa vie. Et il se mit à marcher (Actes 14 : 8-10).

2.2 Le don de miracles

Le miracle vient authentifier la puissance de Dieu. Le don de miracles justifie notre qualité d'envoyé de Dieu. Et il ne peut s'exercer si nous ne cultivons pas le fruit de l'amour en nous. Le miracle est un prodige qui témoigne de la bonté de Dieu. Seuls les disciples vrais dans le parcours spirituel peuvent en être bénis comme l'apôtre Paul par exemple.

2.3 Le don de foi

Le don de foi est la dimension la plus élevée de la foi. Cela va au-delà de la foi confiante. C'est donc une manifestation de l'Esprit en nous de telle sorte que nous surpassions la foi humaine collective. Ce don s'opère par une attitude de l'intime optimisme sur la réalisation de Dieu dans nos vies. *Dieu fera, il fera indubitablement, peu importe le temps que ça prend.* On pourrait dire que la foi générale saisit les promesses de Dieu contenues dans l'Écriture, tandis que le don de la foi manifeste l'Esprit dans notre cœur de sorte à matérialiser l'impossible. Un exemple de don de foi est Daniel qui dans la fosse aux lions a atteint une dimension spirituelle de la foi qui a déclenché l'intervention de Dieu et a soumis les lions à son autorité.

3. Les dons d'inspiration

3.1 Le don de prophétie

La prophétie est une révélation toujours en accord avec la Parole de Dieu. *Celui qui prophétise, au contraire, parle aux hommes, les édifie, les exhorte, les console.*

Avoir le don de prophétie c'est expérimenter le dévoilement surnaturel des faits et évènements. Tous peuvent accéder à ce don mais tous ne s'en donnent pas les moyens (sanctification, méditation de la Bible, prière, investissement, consécration…).

Corinthiens 14 : 29-31 : *Pour ce qui est des prophètes, que deux ou trois parlent, et que les autres jugent ; et si un autre qui est assis a une révélation, que le premier se taise. Car vous pouvez tous prophétiser successivement, afin que tous soient instruits et que tous soient exhortés.*

3.2 La diversité des langues

La diversité des langues peut se manifester différemment que ce soit en s'exprimant en langues inconnues afin de communiquer l'évangile ou par le parler en langue en s'adressant à Dieu sous la couverture totale et profonde du Saint-Esprit. Le don des langues permet de se fortifier et de développer une relation étroite avec Dieu. Le message en langues émanant de la diversité des langues, est à différencier du parler en langue, signe initial du baptême du Saint-Esprit, et qui doit toujours être suivi d'une interprétation.

Jude 1:20 : *Pour vous, bien-aimés, vous édifiant vous-mêmes sur votre très sainte foi, et priant par le Saint-Esprit.*

3.3 L'interprétation des langues

L'interprétation des langues désigne l'explication des messages libérés en langues.

Le don d'interprétation des langues est complémentaire à celui de la diversité des langues dans la mesure où certains sont investis pour retranscrire les paroles libérées quand nous manifestons L'Esprit. L'interprétation des langues permet d'édifier le peuple et surtout ceux qui ne se sont pas abandonnés au contrôle divin. La diversité des langues et l'interprétation des langues forment ensemble les composantes du don de prophétie.

1 Corinthiens 14 : 27-28 : *En est-il qui parlent en langue, que deux ou trois au plus parlent, chacun à son tour, et que quelqu'un interprète s'il n'y a point d'interprète, qu'on se taise dans l'Église, et qu'on parle à soi-même et à Dieu.*

Source : https://frequencechretienne.fr/quels-sont-les-9-dons-du-saint-esprit/

Remerciements

Je remercie mon merveilleux conseiller, le Saint-Esprit. Il est l'auteur principal et celui qui m'a dirigée dans la rédaction de ce livre. Il a toujours été à mes côtés, même dans le découragement.

À celle qui m'a engendrée dans la foi, le pasteur Éliane Torvic, ma deuxième maman. Tu m'as vue grandir et m'as épaulée dans les épreuves que j'ai pu rencontrer, sur ce chemin sinueux que l'on emprunte une fois que l'on se donne entièrement à Dieu. Tu es la première personne à qui j'ai parlé de cette vision que le Seigneur m'avait donnée il y a quelques années, et tu y as cru immédiatement. Merci.

À mes parents et mon frère, Mickey.
Vous m'avez soutenue dans tous les sens du terme à chaque étape de ma vie, aussi difficile que cela ait été. Merci pour votre amour inconditionnel, et votre confiance.

À mes relectrices correctrices, Stéphanie Brooks, Amandine Ullindah et Pasteur Éliane. Votre support a été une aide inestimable pour la finalisation de cette œuvre.

À mes ami.e.s.

Vous qui avez toujours su qu'en moi, sommeillait un potentiel inexploité.

À ceux qui ont contribué à faire de moi celle que je suis aujourd'hui. Vous êtes une part importante de ma vie, car sans votre participation dans mon histoire, en bien ou en mal, ce récit n'aurait peut-être pas vu le jour.

Bénédictions !

Contacter l'auteure

www.julielamethyste.fr / julie.lamethyste@gmail.com
Julie l'Améthyste
julie.lamethyste

La boutique en ligne

www.unelumiereduking.com / contact@unelumiereduking.com
Une Lumière Du King
une_lumiere_du_king

Imprimé en Allemagne
Achevé d'imprimer en décembre 2021
Dépôt légal : décembre 2021

Pour

Le Lys Bleu Éditions
40, rue du Louvre
75001 Paris